W0395428

N&K

ANDREA CAMILLERI

Berühre mich nicht

Roman

Aus dem Italienischen von
Annette Kopetzki

Nagel & Kimche

Titel der Originalausgabe: *Noli me tangere. Romanzo*
© 2016 Mondadori Libri S. p. A., Mailand

Zitate auf den Seiten 117 ff. und 154 f.:
T. S. Eliot, «Die Cocktail Party». Deutsch von Nora Wydenbruck.
In: T. S. E.: *Werke in 4 Bänden*, I: Die Dramen, S. 266 ff.
© Suhrkamp Verlag, Frankfurt am Main 1966.

1 2 3 4 5 21 20 19 18 17

© 2017 Nagel & Kimche
im Carl Hanser Verlag München
Herstellung: Rainald Schwarz
Satz: Satz für Satz
Druck und Bindung: GGP Media GmbH, Pößneck
ISBN 978-3-312-01034-9
Printed in Germany

FSC
www.fsc.org
MIX
Papier aus verantwortungsvollen Quellen
FSC® C014496

Berühre mich nicht

5. JUNI 2010

«Mattia?»
«Wie geht es dir, meine Liebe?»
«Schon besser, es ist jetzt wärmer im Haus, und ich konnte arbeiten. Seit wann waren wir nicht mehr hier?»
«Lass mich überlegen … seit Januar.»
«Ich musste auch ein bisschen saubermachen. Überall lag Staub.»
«Hast du etwas zu Abend gegessen?»
«Ja.»
«Wie fühlst du dich?»
«Besser.»
«Ist der Ghibli vorüber?»
«Fast ganz weg. Jetzt schlafe ich mich erst mal ordentlich aus.»
«Rufst du mich morgen an?»
«Passt es dir um neun Uhr?»
«Ja, sehr gut.»
«Gute Nacht, Mattia.»
«Gute Nacht, meine Liebe.»

7. JUNI 2010

«Nein, nein, alles völlig normal …»
«Denken Sie genau nach. Jedes noch so kleine Detail, das Ihnen bedeutungslos vorkommen mag, kann für uns nützlich sein.»
«Meinen Sie, ich hätte nicht schon pausenlos darüber gegrübelt? Tag und Nacht, ich konnte nicht mehr schlafen. Ich sage Ihnen noch einmal, ich habe nichts Ungewöhnliches bemerkt … Und ich bin kein achtloser Ehemann, glauben Sie mir. Allerdings hatte sie in den letzten zwei oder drei Tagen einen Ghibli, der stärker war als sonst …»
«Ich habe nicht recht verstanden, bitte entschuldigen Sie. Haben Sie wirklich Ghibli gesagt? Ist das nicht ein Wüstenwind?»
«Ich muss mich bei Ihnen entschuldigen, ja, es ist der Wüstenwind, ich habe ein Wort aus unserem Familienjargon benutzt. Sie sagte immer, sie habe den Ghibli, keine Ahnung, warum sie das so nannte, wenn sie zu gar nichts Lust hatte, stundenlang im Bett lag und an die Decke starrte. Stumm und schlechtgelaunt, wehe, wenn man sie störte. Sie brach dann jede Beziehung zur Außenwelt ab, mich eingeschlossen. Zog den Stecker, wie man so sagt. Das passierte ihr mindestens alle zwei Monate einmal, nach ein paar Tagen war es dann vorbei, und sie war wieder …»
«Woher kamen diese Stimmungsschwankungen?»
«Sie hatten keinen besonderen Grund.»

«Also ein Charakterzug.»
«Nicht direkt. Sie ist nicht immer so gewesen.»
«Wann hat es denn angefangen?»
«Diese Sache mit dem Ghibli war, glaube ich, ihre Methode, ein Höchstmaß an Konzentration zu erreichen, sie lag dann auf dem Bett und hörte …»
«Was hörte sie? Musik?»
«Nein, sie hörte sich selbst zu, ihren Gedanken, ihrem Körper. Der Ghibli hat bei ihr nämlich vor anderthalb Jahren angefangen, als sie beschlossen hatte, den großen Schritt zu tun und ihren ersten Roman zu schreiben …»
«Ihre Frau schreibt auch?»
«Wundert Sie das? Was finden Sie daran so ungewöhnlich? Wir wären ein ganz normales Schriftstellerehepaar gewesen … davon hat es schon immer viele gegeben … Moravia und die Morante zum Beispiel …»
«Wie haben Sie sich kennengelernt?»
«Wissen Sie, ich bekomme Dutzende noch nicht veröffentlichter Romane von unbekannten Autoren, die mich um ein kurzes Empfehlungsschreiben für einen Verleger bitten … meistens völlig wertloses Zeug. Laura schickte mir recht gute Gedichte, wirklich nicht übel, sie wollte wissen, was ich davon halte … Ich schrieb ihr, dass mir die Gedichte gefielen, sie freute sich sehr darüber und bat mich um ein Treffen. Kaum sah ich sie in mein Arbeitszimmer kommen, habe ich mich sofort in sie verliebt. Wirklich, es war Liebe auf den ersten Blick. Wie bei dem armen Carducci, als er Annie Vivanti sah … Laura ist noch immer so schön wie damals.»

«Seit wann sind Sie verheiratet?»
«Seit vier Jahren. Genau vier Jahre und drei Monate.»
«Kinder?»
«Ich möchte keine.»
«Denkt Signora Garaudo auch so darüber?»
«Ich glaube, ja.»
«Was bedeutet ‹glauben›?»
«Glauben bedeutet glauben. Wenn Ihnen das Verb nicht gefällt, ändere ich es sofort. Ist Ihnen ‹ich denke ja› angenehmer?»
«Regen Sie sich nicht auf, ich wollte Sie nicht …»
«Ich rege mich nicht auf. Was wollten Sie sagen?»
«Haben Sie nie darüber gesprochen?»
«Worüber?»
«Kinder zu bekommen oder nicht.»
«Nein.»
«Das wundert mich.»
«Auch daran ist nichts Ungewöhnliches. Bevor wir heirateten, habe ich Laura gesagt, dass ich keine Kinder wollte, und sie hat nichts … sie zeigte keine Reaktion. Seit damals hat sie das Thema nie wieder angesprochen.»
«Bitte entschuldigen Sie meine Neugier. Warum sind Sie so entschlossen, keine …»
«Der Altersunterschied ist zu groß. Versuchen Sie, mich zu verstehen. Als wir heirateten, war Laura einunddreißig und ich fünfundsechzig. Ich hätte ihr Vater … wenn wir Kinder gehabt hätten, wäre ich ein Vater-Großvater gewesen. Ich fand das absolut lächerlich, und der Meinung bin ich noch heute.»

«Wer von Ihnen beiden wollte heiraten?»
«Ich.»
«Die Signora hat gleich eingewilligt?»
«Ja.»
«Also haben Sie sofort …»
«Nicht sofort.»
«Warum nicht?»
«Laura hat mich nur gebeten, die offizielle Mitteilung an die Freunde ein wenig aufzuschieben.»
«Warum?»
«Sie wollte nichts mitnehmen.»
«Können Sie das bitte genauer erklären?»
«Das fällt mir nicht leicht.»
«Bitte entschuldigen Sie, aber …»
«Für mich ist das sehr peinlich.»
«Ich muss leider darauf bestehen.»
«Nun, bei einer schönen Frau wie Laura ist es normal, dass sie Beziehungen zu vielen Männern hatte … Beziehungen, die zu dem Zeitpunkt, als wir beschlossen zu heiraten, noch nicht alle beendet waren … ich weiß nicht, ob ich mich deutlich genug ausgedrückt habe. Doch sie wollte diese Geschichten abschließen, einen endgültigen Schnitt machen.»
«Ich verstehe. Sie wollte reinen Tisch machen.»
«Ja, das war ihre Absicht.»
«Erklären Sie mir das genauer.»
«Genauer geht es wohl kaum.»
«Sie wollen sagen, dass ein paar Geschichten noch nach Ihrer Hochzeit weitergingen?»

«Sagen wir lieber, es gab noch einige Nachspiele, die unsere Ehe aber dank Lauras Geschicklichkeit nicht im Geringsten beeinträchtigt haben.»

«Signora Garaudo hat Ihnen nicht zufällig die Namen dieser … dieser Nachspiele genannt?»

«Nie. Ich habe auch nicht danach gefragt. Es gab eine stillschweigende Übereinkunft. Ich wusste, dass sie, auch wenn es noch ein paar Treffen mit diesen Männern gab, auf jeden Fall fest entschlossen war, Schluss zu machen. Und das hat sie tatsächlich getan.»

«Sind Sie sicher?»

«Laura hat mich davon überzeugt. Mit Taten, nicht mit Worten. Und hier möchte ich nicht ins Detail gehen.»

«Ich habe Sie nicht darum gebeten.»

«Entschuldigung.»

«Was meinen Sie, wollen wir rekapitulieren?»

«Wie Sie wünschen. Von Anfang an?»

«Ja.»

«Nun gut. Vorgestern bin ich, nachdem ich allein zu Mittag gegessen hatte, weil Laura im Bett geblieben war, in ihr Zimmer gegangen, um mich nach ihrem Befinden zu erkundigen, und sah, dass sie aufgestanden und vollständig angekleidet war.»

«Sie schlafen in getrennten Zimmern?»

«Für gewöhnlich nicht, nur an den Tagen des Ghibli. Wie gesagt, ich sah, dass sie angekleidet war und ihren Koffer gepackt hatte. Sie teilte mir mit, sie habe beschlossen, ein paar Tage in unserem Haus auf dem Land zu verbringen.»

«Hat sie das früher schon einmal getan?»

«Ja.»
«Wo liegt dieses Haus?»
«In Gonfalone, zwei Autostunden von hier. Ich habe sie bis zu ihrem Auto begleitet, wir haben uns umarmt und geküsst, dann ist sie losgefahren.»
«Welchen Eindruck machte sie?»
«Ich würde sagen, sie war wieder besserer Stimmung.»
«Waren Sie beide allein zu Haus?»
«Nein, Filippa, unsere alte Haushaltshilfe, war auch da.»
«Fahren Sie fort.»
«Um fünf Uhr hat Laura mich angerufen. Sie sagte, sie habe das Haus ordentlich aufgeräumt vorgefunden, nur ein bisschen feucht, darum habe sie die Heizung und den Kamin angemacht.»
«Hat sie sich danach noch einmal gemeldet?»
«Ja, um neun. Sie erzählte, dass sie intensiv an ihrem Roman gearbeitet habe, dass der Ghibli vorüber sei und dass sie müde, aber zufrieden ins Bett gehen werde. Was noch? Sie hatte gegessen, die Tiefkühltruhe ist immer gefüllt, sie hatte Hunger bekommen. Sie wollte früh aufstehen und weiterschreiben. Wir haben uns gute Nacht gesagt und verabredet, dass sie am nächsten Morgen anrufen würde. Doch um halb ein Uhr nachts – ich habe instinktiv auf die Uhr geschaut –, weckte mich ein Anruf. Ein französischer Freund von mir, er wollte mir mitteilen, dass ich den Preis für den besten übersetzten Roman in Frankreich gewonnen habe, wie er aus sicherer Quelle erfahren hatte. Eine wunderbare Nachricht. Also habe ich Laura auf ihrem Handy angerufen, wenn sie ins Bett geht, lässt sie es immer auf

dem Nachttisch liegen. Es war ausgeschaltet. Dann habe ich den Festanschluss angerufen. Ich habe es lange läuten lassen, keine Antwort. Ich habe es wieder und wieder versucht. Nichts. Da bin ich nachdenklich geworden. Warum antwortete sie nicht? Ging es ihr schlecht? Oder …? Sie verstehen, dann kamen mir die bösen Gedanken, das Haus liegt isoliert, und in diesen Zeiten … Ich habe mich angezogen, habe das Auto genommen und bin nach Gonfalone gerast. Das Erste, was ich beim Eintreten wahrgenommen habe, war die Feuchtigkeit. Die Heizungen waren eiskalt, der Kamin war nicht angemacht worden. Mir war sofort klar, dass Laura nicht nur nicht in diesem Haus gewesen war, sie war nicht einmal dorthin gefahren …»

8. JUNI 2010

IL MESSAGGERO

Mysteriöses Verschwinden der Frau eines berühmten Schriftstellers

Rom. Laura Garaudo, die Ehefrau des berühmten Romanciers Mattia Todini, ist auf geheimnisvolle Weise verschwunden. Wie Todini gegenüber der Polizei angab, war seine Frau mit ihrem Auto in das Landhaus des Ehepaars in Gonfalone (VT) gefahren, um dort ein paar ruhige Tage allein zu verbringen. Doch sie kam nie an ihrem Ziel an. Noch ist nicht bekannt, ob es sich um ein Verschwinden aus eigenem Entschluss handelt, die Polizei schließt erpresserischen Menschenraub jedoch aus.
Unsere Zeitung sieht sich verpflichtet, von einem in den literarischen Kreisen der Hauptstadt umgehenden Gerücht zu berichten, demzufolge das Verschwinden von Laura Garaudo lediglich eine geschickte Werbemaßnahme für den in Kürze erscheinenden Debütroman von Laura Garaudo ist. Die Polizei ermittelt in alle Richtungen.

9. JUNI 2010

«Ciao, Michele.»
«Ciao, Carlo.»
«Trinken wir einen Kaffee?»
«Gerne. Aber lass uns draußen sitzen. Es ist ein so schöner Tag … Wie geht es deiner Frau?»
«Gut, danke.»
«Wir haben uns schon eine ganze Weile nicht mehr gesehen.»
«Stimmt.»
«Warum hast du dann so plötzlich das Bedürfnis, mich zu treffen? Erzähl mir nicht, dass ich dir gefehlt habe!»
«Hast du von der Sache mit Laura gehört?»
«Man müsste schon taub und blind sein, um das nicht mitzukriegen. Bei dem Wirbel, den dieser Idiot Mattia veranstaltet …»
«Hätte er so tun sollen, als wenn nichts wäre?»
«Nein, das wollte ich nicht sagen, aber er hätte ein paar Tage warten können, bevor er die Polizei und die Zeitungen aufhetzt …»
«Er hat tatsächlich ein bisschen übertrieben.»
«Ein bisschen?»
«Machst du dir denn keine Sorgen, Michele?»
«Ich? Wie kommst du darauf? Cameriere, zwei Kaffee, bitte.»
«An deiner Stelle würde ich mir Sorgen machen.»

«Aber du bist nicht an meiner Stelle. Sag mal, warum interessierst du dich so für Laura? Willst du in deiner Zeitung über sie schreiben?»

«Nur wenn ich mit Leuten sprechen kann, die sie kannten, und genügend Material zusammenbekomme.»

«Hast du denn nicht auch ein Verhältnis mit ihr gehabt?»

«Wer hat dir das gesagt?»

«Laura.»

«Das hat Laura dir gesagt?»

«Hör mal, Carlo, seit sechs Jahren schlafen Laura und ich miteinander, wir haben auch nach ihrer Hochzeit weitergemacht, und weißt du, warum unsere Beziehung schon so lange dauert? Weil wir uns von Anfang an immer alles erzählt haben. Wir haben nichts voreinander verheimlicht.»

«Und was hat sie von mir …»

«Du willst wissen, was sie mir von dir erzählt hat?»

«Hm, ja.»

«Wir lagen im Bett, und plötzlich fängt sie an: ‹Gestern habe ich Carlo zu mir nach Hause mitgenommen, und wir haben gevögelt. Ehrlich gesagt, weiß ich nicht, warum ich das getan habe. Ich glaube, es kommt nicht noch einmal vor.› So hat sie sich ausgedrückt, wortwörtlich.»

«Und genau so ist es gewesen. Nach dem einen Mal war nichts mehr zu machen … sie blieb eisern. Eine uneinnehmbare Festung. Du siehst also, dass ich nicht behaupten kann, sie so gut zu kennen wie du.»

«Was willst du wissen? Die interessantesten Sachen, die ich dir erzählen könnte, dürftest du wohl nicht veröffentlichen, vermute ich.»

«Etwas über ihren Charakter, zum Beispiel …»
«Sie ist eine Verschwenderin.»
«Was das Geld betrifft?»
«Geld hat für sie nicht die geringste Bedeutung. Wenn sie keins hat, ist ihr das egal, wenn sie welches hat, gibt sie es aus. Zum Teil natürlich für sich selbst, aber den größten Teil verschenkt sie, oder sie leiht denen Geld, die es am nötigsten brauchen. Sie tut dann aber nur so, als würde sie es verleihen, denn sie weiß genau, dass sie es nie zurückbekommt. Ich habe sie Leuten Geld leihen sehen, die sie eine halbe Stunde vorher kennengelernt hatte und sicher nie wiedersehen würde. Das ist Großzügigkeit, eine eigenartige Form von Großzügigkeit, wenn man so will, aber es ist Großzügigkeit. Vielleicht ist Großzügigkeit aber doch nicht das richtige Wort. Ich habe sie nie gefragt, ob sie an Gott glaubt, vermutlich eher nicht, trotzdem setzt sie das Gebot ‹Liebe deinen Nächsten wie dich selbst› wortwörtlich in die Tat um. Ich glaube, es ist wirklich Liebe, Nächstenliebe, obwohl sie sich dessen überhaupt nicht bewusst ist. Nein, wenn ich Verschwendung sage, dann meine ich das, was sie mit sich selbst macht.»
«Könntest du …»
«Ja, ich erkläre es dir genauer. Laura lässt sich leicht begeistern.»
«Das bezieht sich auf Männer?»
«Sie begeistert sich für Männer, für Kinder, für utopische Unternehmungen … dann liefert sie sich ganz aus, verschenkt sich blind, mit Haut und Haar. Wenn sie aber merkt, dass diese Selbstaufgabe vergeblich war, geht sie fast

immer angewidert und wie ausgelaugt aus dieser Erfahrung hervor. Man hat ihr tiefe Wunden geschlagen, aber sie schafft es, ihre Verletzungen irgendwie zu verstecken … Nur wenn es besonders schlimm schmerzt, legt sie sich hin und bleibt ganze Tage lang im Bett, will niemanden sehen. Völlig allein. Liegt da und leckt ihre Wunden. Doch sie lernt nichts aus diesen Erfahrungen, im Gegenteil, die Wunden sind noch nicht vernarbt, da fängt sie schon wieder an, wirft sich Hals über Kopf in die nächste Leidenschaft.»

«Bist du sicher, dass du von Laura sprichst, Michele?»

«Von wem denn sonst?»

«Ich habe nicht den Eindruck, dass …»

«Das ist die Laura, die ich kenne und gernhabe.»

«Du überzeugst mich nicht.»

«Warum nicht, wie ist sie denn deiner Meinung nach?»

«Ich mag mich irren, aber mir und nicht nur mir ist sie immer wie eine oberflächliche Frau vorgekommen, sprunghaft, unfähig zu starken Gefühlen, ein bisschen zu leicht zu haben, völlig ungebildet …»

«Weißt du, dass sie einen Doktor hat?»

«Was sagst du da?»

«Sie hat in Bologna in Kunstgeschichte mit einer Arbeit über Beato Angelico promoviert. Summa cum laude.»

«Erzählst du mir auch keine Märchen?»

«Ich musste sie lange bitten, bis ich die Arbeit lesen durfte. Wirklich bemerkenswert. Sehr scharfsinnig. Ihr Professor war begeistert, wollte sie zu seiner Assistentin machen, aber sie hat abgelehnt.»

«Warum?»
«Weil sie damals wahnsinnig in einen Kadetten der Marineakademie in Livorno verliebt war und dorthin gezogen ist, um in seiner Nähe zu sein. Aber ich habe auch andere Sachen von ihr gelesen. Gedichte, Erzählungen.»
«Wie sind die?»
«Du würdest alles dafür geben, so schreiben zu können wie sie. Ich war derjenige, der ihr geraten hat, Mattia die Gedichte zu schicken. Ich hatte ja nicht die leiseste Ahnung, was das für Folgen haben würde.»
«Kannst du mir noch mehr erzählen?»
«Was ich dir gesagt habe, reicht dir nicht?»
«Ja, aber es kommt so völlig unerwartet …»
«… dass es sich nicht veröffentlichen lässt. Es würde das Bild, das ihr alle von ihr habt und weiterhin haben wollt, ins Gegenteil verkehren.»
«Und das wäre?»
«Das Bild einer Karrieristin, die einen berühmten Schriftsteller geheiratet hat, damit sie problemlos ihren kleinen Roman veröffentlichen kann und die Unterstützung befreundeter Kritiker bekommt. Stimmt's?»
«Na ja …»
«Ihr geht sogar so weit anzunehmen, dass ihr Verschwinden eine PR-Masche ist!»
«Du musst zugeben, dass …»
«Ich gebe gar nichts zu. Bei Laura liegt ihr alle total falsch. Willst du die Wahrheit über ihre Ehe mit Mattia hören?»
«Sag's mir.»
«Sie hat jemanden gefunden, der das Gegenteil von ihrem

Vater ist, einem Mann, der nur für seine Geschäfte lebte, der sie vernachlässigte und nicht an ihr Talent glaubte. Du lachst?»

«Du selbst hast Todini doch gerade eben einen Idioten genannt! Todini ist ein Idiot, weil er sie geheiratet hat, von wegen Vaterersatz!»

«Ciao.»

«Was, du willst schon gehen? Komm schon, Michele, bleib hier, stell dich doch nicht so an …»

6. Juni 2010

«Guten Morgen, Mattia. Hast du gut geschlafen?»
«Ja.»
«Ich habe wie ein Stein geschlafen. Inzwischen ist das Haus gut aufgeheizt.»
«Wann bist du aufgestanden?»
«Früh, sehr früh. Du kannst dir nicht vorstellen, wie herrlich es war, als ich das Fenster aufgemacht habe! Diese frische, saubere Luft! Und diese wunderbare Stille! Ich habe mich wie neugeboren gefühlt.»
«Hast du gearbeitet?»
«Ja, sehr fleißig und mit einem Glücksgefühl, das ich seit langem nicht mehr empfunden habe. Ich möchte dir etwas sagen.»
«Sprich. Ist es etwas Unangenehmes?»
«Nein, im Gegenteil. Bevor ich gestern Abend eingeschlafen bin, habe ich an dich gedacht, an uns beide. Und ganz plötzlich, es war wie ein Blitz, wurde mir bewusst, wie sehr ich dich liebe. Mattia? Hallo?»
«Ich bin hier.»
«Ich dachte, du würdest dich …»
«Laura, warum bist du weggegangen? Hallo? Hallo? Laura …»

7. JUNI 2010

«… und was haben Sie dann getan?»

«Als mir klarwurde, dass sie das Haus nicht einmal betreten hatte, habe ich sie spontan wieder auf dem Handy angerufen. Um sicherzugehen, vielleicht aber auch, weil ich noch immer nicht fassen konnte, was hier gespielt wurde, habe ich nachgeschaut, ob ihr Wagen in der Garage stand. Natürlich war er nicht da. Eine alberne Reaktion, aber ich konnte nicht glauben, dass Laura … Ich bin wieder ins Haus, habe die Heizung angemacht, bin ins Schlafzimmer gegangen, auf den Bettrosten lagen nur die Matratzen, ich war sehr durcheinander, hielt mich nicht mehr auf den Beinen, also habe ich mich angezogen auf die Matratze gelegt und nur mit einer Decke zugedeckt. Ich habe kein Auge zugetan.»

«Das Handy war abgestellt, aber warum haben Sie nicht daran gedacht, der Signora eine Nachricht zu schicken?»

«Ich habe lange darüber nachgedacht, es war eine der ersten Ideen, die ich hatte, aber dann bin ich zu dem Schluss gekommen, dass es besser war, ihr nicht zu erkennen zu geben, dass ich Bescheid wusste.»

«Wenn ich recht verstehe, machten Sie sich also mit dem Gedanken eines mutwilligen Verlassens vertraut.»

«Ja und nein. Es war eine der möglichen Hypothesen.»

«Sie hatten noch andere?»

«In Wirklichkeit war ich sehr neugierig, ob sie mich anrufen würde, wie sie versprochen hatte, und vor allem, was sie mir sagen würde. Ich wollte hören, wie sie … wie sie kaltblütig log … Das war eine Laura, die ich nicht kannte.»

«Hat sie angerufen?»

«Kurz nach neun Uhr morgens.»

«Was hat sie gesagt?»

«Sie hat mit der Komödie weitergemacht: dass sie wie ein Stein geschlafen habe, dass sie früh aufgestanden sei, wie sehr sie die frische Morgenluft genossen habe, dass sie weitergeschrieben habe …»

«Und Sie haben sie reden lassen?»

«Ja.»

«Warum?»

«Ihre Stimme klang … erregt, das war es.»

«Bitte erklären Sie das genauer.»

«Sie hatte die Stimme der Neuigkeit. Die bekam sie immer, wenn sie eine neue Bekanntschaft gemacht hatte, die sie interessierte, oder wenn sie sich in spezielle Situationen hineinziehen ließ …»

«Sie sprechen von Bekanntschaften und Situationen, sagen wir, gefühlsmäßiger Art?»

«Auch, aber nicht nur.»

«Ich sehe, dass Sie sich gut unter Kontrolle haben. Und dann?»

«Ich habe sie erst unterbrochen, als sie etwas … etwas Intimes sagte, den ersten ehrlichen Satz.»

«Können Sie mir den Satz sagen?»

«Mein Gott …»

«Bitte bemühen Sie sich.»
«‹Gestern Abend gab es einen Moment, es war wie ein Blitz, da wurde mir bewusst, wie sehr ich dich liebe.›»
«Das hat sie gesagt?»
«Genau das.»
«Und dann?»
«Und dann was?»
«Was haben Sie getan?»
«Was soll ich schon getan haben? Ich glaube, und ich sage bewusst, ich glaube, weil ich nicht besonders klar denken konnte, dass ich die Haustür abgeschlossen und mich ins Auto gesetzt habe, um zurückzufahren. Ich war sehr schockiert, verwirrt.»
«Hören Sie, Signor Todini, ich möchte ganz offen mit Ihnen sprechen. War Ihnen bewusst, dass Ihre Frau, während sie mit Ihnen sprach, wahrscheinlich einen Mann neben sich oder in der Nähe hatte, einen Mann, mit dem sie die Nacht verbracht hatte?»
«Natürlich. Das war mir schmerzhaft bewusst. Darum habe ich sie dann auch unterbrochen.»
«Was haben Sie ihr gesagt?»
«‹Laura, warum bist du weggegangen?› Oder etwas Ähnliches.»
«Und sie?»
«War einen Augenblick still, dann hat sie aufgelegt, und es ist mir nicht mehr gelungen, mit ihr Kontakt aufzunehmen.»
«Signor Todini, bitte verzeihen Sie, wenn ich wieder ganz offen spreche. Es ist sehr wahrscheinlich, nein, es ist sicher,

dass sie aus eigenem Antrieb wegging. Signora Garaudo ist volljährig, und wir könnten, auch wenn wir sie finden sollten, in keiner Weise einschreiten, nicht einmal, wenn Sie Ihre Frau wegen böswilligen Verlassens der ehelichen Wohnung anzeigen würden. Kurz gesagt, wir können sie Ihnen nicht nach Hause zurückbringen. Wir können versuchen, aber das wäre eine absolute Ausnahme, den Aufenthaltsort Ihrer Frau ausfindig zu machen, und Sie über unsere Schritte auf dem Laufenden halten. Natürlich würden wir sehr diskret vorgehen. Hat Signora Garaudo ihre Ausweispapiere mitgenommen?»

«Ja. Auch den Reisepass.»

«Geld?»

«Ich glaube nicht, dass sie mehr als dreihundert Euro Bargeld bei sich hatte. Aber sie hat eine Karte für den Bankautomaten.»

«Haben Sie ein gemeinsames Konto?»

«Nein, jeder hat sein eigenes.»

«Bitte seien Sie so freundlich, mir ein Foto von Signora Garaudo zu geben, das Modell und das Kennzeichen ihres Autos und, wenn möglich, die Nummer des Passes und den Namen eines … eines sehr guten Freundes von ihr.»

«Ich habe keine Fotos bei mir und möchte vermeiden, Ihnen ein falsches Kennzeichen zu nennen. Kann ich Ihnen das alles später vorbeibringen?»

«Wann immer Sie wollen.»

«Ich danke Ihnen für Ihre Freundlichkeit.»

23. MÄRZ 2005

«Hallo? Laura? Hier ist Marco. Nein, häng nicht auf. Bitte hör mich an. Du weißt, wenn ich etwas verspreche, halte ich es, und ich schwöre dir, dass du nach diesem Anruf nie wieder etwas von mir hörst. Ich werde für immer aus deinem Leben verschwinden. In Ordnung? Aber ich bitte dich, lass mich ausreden, unterbrich mich nicht. Einverstanden? Also, du hast mir geschrieben, dass du den Alten heiratest, genau dieses Wort hast du benutzt, den ‹Alten›, und dass du mich nicht mehr sehen willst. Wenn du geglaubt hast, das wäre eine Überraschung für mich, hast du dich gewaltig geirrt. Hältst du mich wirklich für so blöd? Auf den Laufpass war ich seit geraumer Zeit gefasst. Aber ich muss dir ehrlich sagen, dass diese Geschichte mit der ehelichen Treue nicht zu dir passt, auf mich wirkt das wie ein ziemlich dämlicher Vorwand. Was soll man denn von so was halten? Als, sagen wir, verlobte Frau hast du unbekümmert weiter mit mir gevögelt, und jetzt kommen dir auf einmal moralische Skrupel? Wahrscheinlich weißt du nicht mal, was das Wort ‹Skrupel› und das Adjektiv ‹moralisch› bedeutet. Ich will dir was erzählen, was ich dir bisher verschwiegen habe. Eines Nachmittags waren wir bei dir zuhause, und du hast dich wieder angezogen, aber unter dem Kleid bist du nackt geblieben. Vielleicht hast du etwas in meinem Blick gesehen, denn du fühltest dich verpflichtet zu erklären, du würdest sowieso nicht mehr aus dem Haus gehen. Keine Ahnung, warum, aber mir ist ein Verdacht gekommen. Ich habe mich verabschiedet, bin unten ins Auto gestiegen, losgefahren und nach einer Weile zurückgekommen. Gegenüber von deinem Haus gibt es ein Café. Dort habe ich mich hingesetzt, und nach einer knappen halben Stunde habe ich Michele Doria vor deiner Haustür gesehen. Er hat geklingelt, du hast aus dem Fenster geguckt, hast ihm zugelächelt und aufgemacht. Vielleicht hattest du nicht mal geduscht. Ich bin weggefahren. Da haben wir ein schönes Beispiel für deine moralischen Skrupel. In Wahrheit, meine Liebe, hast du schon seit einiger Zeit keine Lust mehr auf mich, willst etwas Neues. Das letzte Mal, vor zwei Monaten, war der Beweis für mich. Du erinnerst dich, wir lagen zwei Stunden lang nackt auf dem Bett, ohne irgendwas zustande zu bringen, weil du den Ghibli hattest. Du selbst hast mir mal erzählt, dass einer deiner ersten Männer, ein Ingenieur, der in Libyen gewesen war, deine Fastentage so nannte. Die meistens einen Bruch der Beziehung einleiteten, der früher oder später dann auch prompt folgte. Nach deinem Brief habe ich lange über uns beide und über dich nachgedacht. Du hast mich nie geliebt. Wenigstens warst du so ehrlich, mir nie zu sagen, dass du mich liebst.

Das Liebevollste, Warmherzigste, was du mir je gesagt hast, war, dass du dich mit mir wohl fühlst. Aber weißt du, wann du diese Bemerkung gemacht hast? Nicht beim Essen, bei einem Gespräch, bei einem Spaziergang oder bei was weiß ich, nein, du hast es mir im Bett gesagt, hinterher. Als du erfüllt und befriedigt warst. Es stimmt nicht, dass du dich

mit mir wohl gefühlt hast, du hättest lieber sagen sollen, dass ich für dein Wohlbefinden zuständig war. Ich war wie ein Beruhigungsmittel. Gab dir die richtige Dosis. Doch manchmal reichte dir das nicht, du brauchtest mehr und ein anderes Mittel. Wie damals an dem Tag, als du die doppelte Dosis Marco–Michele haben wolltest. Und wer weiß, wie viele andere Male noch. Weißt du was? Wenn wir Sex hatten, hast du nie meinen Namen ausgesprochen, kein einziges Mal. Ich war ein realer Körper, das ja, aber ohne Namen. Vielleicht hast du keinen deiner Liebhaber je beim Namen genannt, während du dich vögeln ließest. Mein Mund aber hat deinen Namen in diesen Momenten unaufhörlich wiederholt.
Dein Freund, der Ingenieur, hatte wirklich recht. Weißt du, warum der Ghibli über dir weht? Weil du die Wüste bist. Jede Spur, die auf deinem Körper hinterlassen wurde, verweht dieser Wind sofort wieder. Du darfst nicht denken, dass Groll, Eifersucht oder dergleichen mir diese Sätze eingeben. Sie kommen einzig und allein aus meiner Zuneigung zu dir. Ich wünsche dir nicht, dass du das Glück findest, sondern dass in deiner Wüste das Wunder einer Oase geschieht.
Addio, Laura.»

7. JUNI 2010

Sehr geehrter Dott. Maurizi,

seit meiner Rückkehr nach Hause fühle ich mich nicht wohl, darum lasse ich Ihnen das Gewünschte durch unsere zuverlässige Haushaltshilfe zukommen.

Neben einem aktuellen Foto von Laura gebe ich Ihnen die Nummer des Reisepasses, die ich von einer Fotokopie abgeschrieben habe, da Laura das Original mitgenommen hat, außerdem das Kennzeichen ihres metallicgrauen Audi, von dem ich ein Foto beilege.

Der Name unserer Haushaltshilfe ist Filippa De Gregorio. Wenn Sie sie befragen möchten, erreichen Sie sie auf dem Festanschluss meiner Wohnung von acht Uhr morgens bis acht Uhr abends.

Ich wiederhole, dass ich die Namen der Männer, mit denen Laura eine Beziehung unterhielt, ob amouröser oder anderer Art, nicht weiß und nie wissen wollte. Insbesondere sind mir die Namen der Männer unbekannt, die sie nach unserer Verlobung weiterhin sah, die sogenannten Nachspiele.

Ich vermute, dass Laura, bevor sie mich kennenlernte, ein Verhältnis mit dem Anwalt Michele Doria hatte, ein guter Bekannter von mir. Falls Sie es für nützlich halten, mit ihm zu sprechen, gebe ich Ihnen seine Telefonnummer und Adresse.

Laura hat eine enge Freundin, Giulia Maltese. In den letzten Stunden hat Giulia sich weder bei mir gemeldet, noch habe ich sie kontaktiert. Wir wissen beide, dass ein Treffen zwischen uns beiden zwecklos wäre, denn Giulia würde mir nie etwas über die Gründe für Lauras Flucht sagen. Die Freundschaft oder, wenn Sie so wollen, das Einverständnis, das die beiden verbindet, ist zu stark. Doch Ihnen gegenüber würde sie sich vielleicht nicht so verhalten. Ich werde ihre Adresse heraussuchen, eine Telefonnummer habe ich nicht.
In Dankbarkeit für alles, was Sie für mich tun, und in der Hoffnung, bald Nachricht von Ihnen zu erhalten,

Mattia Todini

9. JUNI 2010

von Mattia, 333 91 30 84, 23.30 Uhr:
hoffentlich kannst du das hier lesen ich stehe keine weitere Nacht durch wenn ich nichts von dir höre melde dich egal wie aber melde dich sag mir dass du mit einem anderen Mann glücklich bist aber sag es mir ich werde dich nicht fragen warum ich werde dich nicht bitten zurückzukommen ich werde dich um gar nichts bitten ich will nur wissen ob es dir gut geht das ist das Einzige was für mich zählt ich bin wie ein Verdurstender in der Wüste ich liebe dich ich liebe dich ich liebe dich wie immer bitte antworte mir, ich * *ab hier fehlt Text* *

10. JUNI 2010

«Als die Signora noch 'ne Signorina war, bin ich auch schon immer zu ihr putzen. Alle zwei Tage bin ich hin. Wie sie dann in die Wohnung von Signor Mattia umgezogen ist, hat sie mich gefragt, ob ich den ganzen Tag für sie arbeiten will, also von acht Uhr morgens bis acht Uhr abends, ne? Ich hab ja gesagt. Sie hat anständig bezahlt.»

«Nur weil sie gut bezahlt hat? War sie Ihnen nicht sympathisch?»

«Sie war mir nicht sympathisch und nicht unsympathisch. Aber sie war eine, die nicht meckert, nie 'n lautes Wort, die macht dir nicht die Hölle heiß, wenn du mal was falsch machst ...»

«Ich verstehe. Wie viele Jahre arbeiten Sie schon für die Signora?»

«Sieben.»

«Haben Sie sich in diesen Tagen nicht gefragt, warum die Signora weggehen wollte?»

«Ist ihre Sache.»

«Ja, sicher ist das ihre Sache, aber ich habe Sie gefragt, ob Sie eine Meinung dazu haben.»

«Wie soll ich denn wissen, was der Signora so alles im Kopf rumgeht?»

«Wie war die Beziehung zu ihrem Mann?»

«Na ja, so wie sie halt war, gut.»

«Stritten sie manchmal?»

«Ach was, von wegen! Er war doch völlig hin und weg von ihr. Lief hinter ihr her wie 'n Hündchen. Und manchmal hat sie ihn auch behandelt, wie man Hunde behandelt, ne? Aber er …»

«Wie man Hunde behandelt?»

«Signore, Sie wissen doch, wie so 'n Hund ist, oder? Klebt die ganze Zeit an dir und starrt dich an, will mal 'n bisschen gestreichelt werden, mal 'nen Keks … wenn's dir dann zu bunt wird, gibst du ihm 'nen Tritt, 'nen Stoß, so was, schreist ihn an, er soll sich bloß kuschen … und der Signor Mattia gehorcht und geht sich kuschen. Wenn die Signora ihm gesagt hätte, er soll 'nen Mistkäfer auffressen, er hätte den aufgegessen und nicht mal Salz draufgetan.»

«Hören Sie, wenn die Signora schlechte Laune hatte und tagelang im Bett blieb, hat sie da manchmal Besuch empfangen, während der Signore nicht zuhause war?»

«Ja, manchmal hat sie ihre beste Freundin angerufen, die kam dann gleich angelaufen. Sie haben die Tür zugemacht und gute Nacht.»

«Was meinen Sie damit?»

«Die waren drei Stunden da drin und haben andauernd geredet.»

«Signor Todini hat mir gesagt, dass Giulia Maltese die beste Freundin der Signora ist. Ist sie das?»

«Ja.»

«Männer?»

«Niemals. Bloß die Signora Giulia.»

»Jetzt stelle ich Ihnen eine Frage, die Sie ehrlich beantworten müssen.»

«Ich bin immer ehrlich. Bin ich von Natur aus.»

«Als die Signora noch nicht verlobt war, hat sie da Männer in ihrer Wohnung empfangen, die dann auch nachts blieben?»

«Hm, ja. Was wollen Sie denn da machen, eh? Wollen Sie sie in Knast stecken? Sie war doch 'n freier Mensch, erwachsen, oder? Musste niemandem was erklären … Aber wenn's darum geht, kann ich auch gleich mit allem auspacken. Morgens hat sie mich manchmal angerufen, dann hat sie gesagt, ich soll nicht kommen, weil sie zu tun hat, und die Male, wo ich vormittags nicht kommen konnte, nämlich ich war erst nachmittags frei, da musste ich vorher anrufen, dass sie mir sagt, ob die Bahn frei ist oder nicht … klar, was ich meine?»

«Völlig klar. Ich wollte aber nur wissen, ob die Signora nach der Verlobung und Hochzeit ihre Gewohnheiten geändert hat.»

«Ich versteh nicht.»

«Hat sie weiterhin andere Männer getroffen?»

«Nicht in der Wohnung.»

«Und draußen?»

«Was weiß ich denn, was sie draußen macht.»

«Ging sie oft aus?»

«Mindestens viermal die Woche.»

«Wann ging sie raus, und wann kam sie gewöhnlich zurück?»

«Also, sie setzen sich zum Essen, nicht?, sie essen, danach geht der Signore in sein Arbeitszimmer, das ist im Haus nebenan, sie schminkt sich und geht um drei raus, spätestens halb vier. Fast immer ist sie um halb acht zurück, bevor der Signore nach Hause kommt. Manchmal war sie aber auch zu spät dran.»

«Wie viel später?»

«Kann ich nicht sagen, ich geh ja um acht. Aber …»

«Aber?»

«Konnte auch passieren, dass sie mal nachts gar nicht zurückkommt. Dann hat man am Bett gesehen, dass der Signore allein geschlafen hatte.»

«Und wenn das passierte, wie war dann die Laune von Signor Todini?»

«Also, man kann nicht gerade sagen, dass der sich gefreut hat.»

«Gab es andere Gelegenheiten, bei denen die Signora länger wegblieb?»

«Ja, manchmal, wenn sie aufs Land ging, nach Gonfalone.»

«Wie lange blieb sie dann?»

«Na, so zwei, drei Tage …»

«Erinnern Sie sich, ob in der Zeit, bevor die Signora verschwunden ist, irgendwas Seltsames, Ungewöhnliches passiert ist?»

«Na ja, da war was Komisches, das hat sie gemacht …»

«Was denn?»

«Sie lag schon seit ein paar Tagen im Bett, ne? Und einen Nachmittag, wo der Signore weg war, ruft sie mich. Ich geh rein und seh, dass sie fertig ist zum Rausgehen. Du kommst mit mir. Na gut. Sie hat das Auto genommen, und wir sind in ihre Wohnung gefahren.»

«Moment mal. Welche Wohnung?»

«Die, wo sie vorher war.»
«War das denn keine Mietwohnung?»
«Nee, das ist ihre. Hatte ihr Vater ihr gekauft.»
«Und sie hat die Wohnung nie vermietet?»
«Nee.»
«Merkwürdig.»
«Vielleicht brauchte sie die, um da manchmal hinzugehen. Und wirklich, wie ich rein bin, seh ich nirgendwo Staub, das Bett gemacht, alles sauber, sah gar nicht aus, als würde da keiner wohnen ...»
«Was hat sie gemacht, als Sie ankamen?»
«Sie hat so 'ne Art Buch gesucht ... hat's nicht gefunden ... alles hat sie drunter und drüber geschmissen, ich musste ihr helfen ... Da fällt ihr ein, es könnte auf 'm Hängeboden sein, in einem Korb ... sie hat mir erklärt, wie das Ding aussieht ... ich bin also da hoch ... musste in einer Menge Dreckszeug rumwühlen, und endlich hab ich's gefunden. Sie hat's genommen, und wir sind zurück in die Wohnung vom Signore. Sie hat mir befohlen, ihrem Mann nichts zu sagen.»
«Erinnern Sie sich, wovon das Buch handelte?»
«Das war gar kein Buch, sag ich Ihnen, nicht so was Gedrucktes, das war mit Schreibmaschine geschrieben, und sie sagt, sie hat das für ihr Studium in Bologna gemacht ... es war was über Sant'Angelo, mein ich.»
«Das Kastell Sant'Angelo?»
«Nee, das Kastell hat nichts damit zu tun ... es war ein Heiliger ... nee, ein Seliger, ja. Der selige Angelo.»
«Beato Angelico?»

«Ja, ja, genau der!»
«Haben Sie das Buch noch einmal gesehen, seit die Signora weggegangen ist?»
«Ob sie's mitgenommen hat, kann ich nicht sagen.»
«Was ist noch passiert?»
«Am nächsten Morgen ist sie wieder raus, so gegen neun, und nach zwei Stunden kommt sie zurück. Sie war auf der Bank, hat sie gesagt, und auch diesmal darf ich nicht drüber reden.»
«Wissen Sie zufällig, welche Bank das war?»
«Ja, der Credito Cooperativo. Liegt zwanzig Meter von der Wohnung vom Signore entfernt. Soll ich Ihnen mal was sagen?»
«Gerne.»
«Auf ihre Weise hatte die Signora den Signore gern. Und zwar so richtig gern, wissen Sie?»

11. JUNI 2010

«Hallo, guten Tag.»
«Ja, bitte?»
«Spreche ich mit dem Sekretariat der Universität Bologna?»
«Ja. Wer ist am Apparat?»
«Commissario Luca Maurizi vom Polizeipräsidium in Rom.»
«Guten Tag. Was kann ich für Sie tun?»
«Bitte entschuldigen Sie die Störung, ich brauche dringend eine Information.»
«Worum handelt es sich?»
«Ich möchte den Titel einer Doktorarbeit wissen, die wahrscheinlich im Studienjahr 1997–98 eingereicht wurde …»
«Wahrscheinlich? Sie wissen es nicht genau?»
«Nein.»
«Können Sie mir den Namen des Doktoranden nennen?»
«Laura Garaudo. Ich weiß, dass ich Ihnen Probleme bereite, aber …»
«Gar kein Problem, Commissario. Zum Glück haben wir das Archiv digitalisiert. Warten Sie bitte in der Leitung, ich muss den Kollegen fragen, der dafür zuständig ist.»
«Lassen Sie sich ruhig Zeit.»

«Hallo, Commissario?»
«Ja?»
«Bitte sehr, die Daten, die Sie brauchen. Wie Sie sehen, hat es nicht lange gedauert, denn das Jahr stimmte. Der Titel der Doktorarbeit von Laura Garaudo lautet: ‹Über Zuschreibungsprobleme der Fresken von Beato Angelico im Kloster San Marco in Florenz›. Die Arbeit wurde mit Summa cum laude bewertet.»
«Wer war der Doktorvater?»
«Professor Soncini, Aldo Soncini.»
«Lehrt der Professor noch?»
«Ja.»
«Wären Sie bitte so freundlich, mir seine Telefonnummer zu geben, wenn das möglich ist?»
«Wenn Sie eine Minute Geduld haben …»

11. JUNI 2010

«Professor Aldo Soncini?»
«Ja, das bin ich. Wer spricht da?»
«Commissario Luca Maurizi.»
«Was für ein Commissario?»
«Vom Polizeipräsidium in Rom.»
«O Gott, nein! Nicht schon wieder diese Geschichte!»
«Welche Geschichte?»
«Die Verleumdungsklage, die Professor Viterbi von der Sapienza-Universität gegen mich …»
«Kein Grund zur Besorgnis, Professor. Von der Klage weiß ich gar nichts.»
«Was wollen Sie dann?»
«Ich bitte die Störung zu entschuldigen, aber ich benötige Informationen über eine Ihrer Studentinnen, sie hat vor einigen Jahren bei Ihnen studiert.»
«Wenn Sie wüssten, wie viele Studentinnen …»
«Es ist eine vertrauliche Ermittlung. Sehr vertraulich. Sie sind in keiner Weise davon betroffen, glauben Sie mir.»
«Hören Sie, Commissario, ich habe so viele Studenten und Studentinnen gehabt, Sie werden verstehen, ich kann Ihnen keinesfalls garantieren, dass ich …»
«Wollen wir es trotzdem versuchen?»
«Na gut.»
«Die Universität hat mir mitgeteilt, dass diese Studentin im akademischen Jahr '97–'98 promoviert wurde …»

«Entschuldigung, aber Sie können sich das wirklich nicht vorstellen. Wie soll ich nach zwölf Jahren …»
«Warten Sie. Sie waren ihr Doktorvater.»
«Ja, und?»
«Die Doktorarbeit behandelte die Fresken von Beato Angelico im Kloster San Marco …»
«Laura!»
«Laura Garaudo, genau.»
«Na, sieh mal einer an! Laura Garaudo! Was zum Teufel hat dieses Unglücksweib denn angestellt?»
«Sie hat keine Straftat begangen, wenn Sie das meinen. Wie kommt es, dass Sie sich sofort an sie erinnern?»
«Weil Laura eine besondere Studentin war. Eine von denen, die es nur alle zehn Jahre gibt.»
«Eine Rarität.»
«Sie sagen es. Abgesehen davon, dass sie sehr schön war, was nie schadet, war sie auch sehr intelligent, aufgeweckt und scharfsinnig. Und dazu … immer fröhlich, liebenswürdig zu allen.»
«Aber was war so außergewöhnlich an ihr?»
«Sie hatte urplötzliche, brillante Eingebungen, die uns alle überraschten, sich nach Prüfung der Fakten aber als zutreffend herausstellten. Wissen Sie, nicht alle Fresken in San Marco stammen von Beato Angelico … Für die Zuschreibung braucht man ein scharfes Auge und das richtige Gespür. Sie hätte eine Wissenschaftlerin ersten Ranges werden können.»
«Stattdessen?»
«Hat sie mich tief enttäuscht.»

«Wie hat sie Sie enttäuscht?»
«Ich wollte, dass sie ihre Arbeit erweitert, damit sie mit meiner Hilfe veröffentlicht wird, ich habe sie sogar gebeten, meine Assistentin zu werden, aber sie hat beide Vorschläge abgelehnt.»
«Warum?»
«Es war, als hätte sie schlagartig jedes Interesse an der Kunstgeschichte, am Studium, an der Forschung verloren ... Ich ließ ihr keine Ruhe, bis sie mir gestand, dass sie sich in einen Kadetten der Marineakademie von Livorno verliebt habe und mit ihm zusammenleben würde ... Sie hatte beschlossen, Ehefrau und Mutter zu werden. Schade.»
«Können Sie mir noch mehr sagen?»
«Worüber?»
«Über ihr Leben, als sie Studentin war. Glauben Sie mir, jedes noch so unbedeutende Detail kann mir nützlich sein.»
«Ich hatte keinen privaten Umgang mit ihr, wenn Sie das meinen. Unsere Begegnungen fanden im Rahmen des Studiums und an der Universität statt.»
«Ich verstehe. Aber vielleicht erinnern Sie sich an jemanden, einen engen Freund, einen früheren Verlobten, den ich kontaktieren könnte?»
«Nein, leider nicht ... doch ich sage Ihnen etwas. Ihr Spitzname lautete ‹Noli me tangere›.»
«Warum das?»
«*Noli me tangere* ist der Titel eines Freskos von Angelico in San Marco. Kennen Sie es?»
«Ja. Aber ich verstehe nicht, was ...»

«Sie war so schön, dass alle jungen Männer es früher oder später bei ihr versuchten. Aber bei Laura war alles vergeblich. Auf diesem Ohr war sie taub. Darum wurde sie so genannt. Im Übrigen hatte Laura gerade zu diesem Fresko eine ihrer glänzenden Eingebungen.»
«Ach ja? Welche?»
«Hören Sie, am Telefon ist das ein bisschen kompliziert. Ich schreibe Ihnen heute Abend eine Mail. Geben Sie mir Ihre Adresse?»
«Sie sind wirklich sehr freundlich.»

12. JUNI 2010

«Ich verstehe den Zweck Ihres Kommens nicht.»
«Das habe ich Ihnen doch schon am Telefon gesagt, oder nicht? Ich möchte die Wohnung sehen.»
«Wollen Sie eine Hausdurchsuchung machen?»
«Was reden Sie denn da?!»
«Sie benutzen das Verb ‹sehen›, um abzuschwächen, was ...»
«Ich schwäche gar nichts ab, Signor Todini. Wenn ich vorgehabt hätte, die Wohnung durchsuchen zu lassen, wäre ich mit einem ordnungsgemäßen Durchsuchungsbeschluss gekommen.»
«Na gut. Ich frage Sie trotzdem: zu welchem Zweck? Was wollen Sie finden? Glauben Sie, ich hätte Lauras Leiche hier irgendwo versteckt?»
«Um Himmels willen, Signor Todini, wie kommen Sie denn darauf? Ich verstehe ja, dass Sie nervös und müde sind, aber ... bleiben Sie ganz ruhig, bitte. Sie müssen mir glauben, wenn ich Ihnen sage, dass das, was ich tue, für die Nachforschungen sehr wichtig ist. Sollten Sie der Meinung sein, dass ich mich Ihnen gegenüber respektlos verhalte, wenden Sie sich bitte an den Polizeipräfekten, wie Sie es bereits getan haben, als Signora Garaudo verschwunden ist. Ich wäre nur zu froh, wenn diese Ermittlung einem Kollegen anvertraut würde, der mehr Geschick hat als ich.»

«Commissario Maurizi, ich bitte um Entschuldigung. Ich habe die Beherrschung verloren und schäme mich dafür. Verzeihung. Wo möchten Sie anfangen? In unserem Schlafzimmer?»

«Das Schlafzimmer interessiert mich nicht. Hatte die Signora ein eigenes Zimmer, in das sie sich zum Schreiben und Nachdenken zurückzog?»

«Ja, mein ehemaliges Arbeitszimmer. Als Laura hier einzog, habe ich es ihr überlassen und ein kleines Apartment im Nebenhaus gemietet.»

«Gut, ich möchte nur dieses eine Zimmer sehen.»

«Folgen Sie mir. Hier ist es, gehen Sie ruhig hinein.»

«Wie schön! Ein Morandi ... ein Carrà ... ein Donghi...»

«Ich sehe, dass Sie etwas von Malerei verstehen. Dies ist der Schreibtisch, an dem Laura arbeitete.»

«Benutzte sie einen Computer?»

«Ja.»

«Ich sehe keinen.»

«Sie hat ihn mitgenommen. Hier auf diesem Regal stehen ihre Gedichte, ihre Erzählungen ...»

«Auch der Roman, an dem sie schrieb?»

«Nein, den hat sie auch mitgenommen. Und in diesem Schränkchen hier befindet sich ihre Korrespondenz. Wahrscheinlich sind das Briefe von vor zwanzig Jahren, als sie ein junges Mädchen war ...»

«Haben Sie diese Briefe gelesen?»

«Nein. Ich habe nur das gelesen, was Laura mich lesen ließ. Hören Sie, Dottore, ich muss gehen, man wartet auf mich in meinem Arbeitszimmer.»

«Darf ich hierbleiben und mich ein wenig umschauen?»
«Tun Sie, was Ihnen beliebt. Und sollten Sie etwas Interessantes finden, dürfen Sie es sich ruhig ausleihen. Wenn es der Ermittlung dient …»

10. MÄRZ 2000

Taranto, 10. März 2000

Laura,

ich habe nicht sofort auf deinen Brief und auf die unzähligen Anrufe danach geantwortet, weil mir das wirklich unmöglich war, ich war dazu einfach nicht fähig. Nicht dass ich keine Zeit gehabt hätte oder nicht antworten wollte, doch was du mir geschrieben hast, hat mich so erschüttert, dass es ein unentwirrbares Knäuel aus widerstreitenden Gefühlen in mir geweckt hat, die mich erst niedergeschmettert und schließlich gelähmt haben. Jetzt endlich, da in diesem chaotischen Wirbel die Gefühle des Abscheus (ich finde kein anderes Wort) und des Mitleids die Oberhand gewonnen haben, kann ich dir schreiben. Nicht, um einen sinnlos gewordenen Dialog fortzusetzen, sondern um ihn endgültig abzubrechen.
Während der ganzen Zeit unseres Zusammenlebens in Livorno waren wir beide wie Adam und Eva im Paradies. Wir haben die ganze Fülle vollkommenen Glücks genossen. Andererseits habe ich dir nie verhehlt, wie sehr mich dein Entschluss wunderte, Bologna und die glänzende Karriere, die dir angeboten worden war, aufzugeben, um mit mir zusammenzuleben. Ich gestehe, dass ich mich deiner Entscheidung nicht gewachsen fühlte. Doch du hast dich unbeirrt zu deinem Entschluss bekannt. Und darum habe

ich dich schließlich noch mehr geliebt als ohnehin schon, stärker, als ich mir die Liebe zwischen zwei Menschen hätte vorstellen können. Ich habe deinen Vorsprung aufgeholt, indem auch ich über jene Grenze ging, die du bereits überschritten hattest.
Als ich mit der Vespucci abfahren musste, war unser Abschied keine schmerzhafte, wenngleich vorübergehende Trennung, sondern ein tiefer Riss, so sehr waren wir zu einem einzigen Wesen verschmolzen.
Nach meiner Rückkehr von dieser dreimonatigen Expedition habe ich schon in der ersten Nacht, die wir endlich wieder zusammen verbringen konnten, etwas wie eine Befangenheit bei dir bemerkt, einen Ausdruck von, wie soll ich es nennen?, nicht rückhaltloser Zugehörigkeit. Als ich dir meinen Eindruck mitteilte, hast du mir überzeugend erklärt, dass ich mich irrte. Doch der Eindruck wiederholte sich in der nächsten Nacht und in der darauffolgenden auch. Danach wurde glücklicherweise alles wieder wie zuvor.
Das war der Moment, als ich begriff, was dahintersteckte. Nein, es war kein anderer Mann, wie ich im ersten Moment vermutet hatte. Es war dein Körper, der nicht lügen konnte und mir schlicht und einfach sagte, dass er mich vergessen hatte. Dein Geist nicht, dein Herz nicht, aber dein Körper. Ich konnte dich nicht sofort mit nach Taranto nehmen, als man mich hierhin versetzte. Das war ein großer Fehler, wie ich jetzt erkenne. Wir haben zweimal am Tag telefoniert, morgens beim Aufwachen und nachts, bevor wir einschliefen. Dann kam dein außerplanmäßiger Anruf während meiner Dienstzeit. Du hast mir gesagt, nein, mir vor Freude

weinend und lachend durchs Telefon zugeschrien, dass du schwanger seist, dass ich alles stehen und liegenlassen und sofort zu dir nach Livorno kommen sollte, um diesen wunderschönen Moment mit dir zu teilen. Von der Nachricht tief verstört, habe ich dir entgegnet, dass ich nicht wegkönne und dass es besser sei, wenn du zu mir in den Süden kämst, wir würden zusammen im Hotel übernachten, da ich in der Kaserne der Hafenkommandantur einquartiert war. Ich habe gesagt, wir müssten unbedingt darüber sprechen, was jetzt geschehen sollte. Du hast dich strikt geweigert, ein trostloses Hotelzimmer sei nicht der ideale Ort, um über etwas zu sprechen, was für uns beide so wichtig war. In jener Nacht hatten wir eine lange Diskussion am Telefon. Ich sagte dir offen und ehrlich, wie ich darüber dachte. Abgesehen von dem nicht unerheblichen Einwand, dass ich mich für die Vaterrolle noch nicht bereit fühlte, werde die Geburt eines Kindes unsere, sagen wir, logistische Situation noch komplizierter machen. Um Himmels willen, was hatte ich getan! Deine Reaktion war äußerst aggressiv, du hast in meinem Verhalten ein klares Zeichen mangelnder Liebe zu dir gesehen. Das war völlig falsch, und ich habe versucht, dich vom Gegenteil zu überzeugen, aber vergebens. Du kannst dir nicht vorstellen, welch eine Mühe es mich gekostet hat, vierundzwanzig Stunden Ausgang zu erhalten, um zu dir nach Livorno zu fahren.

Aus Liebe zu dir beschloss ich, das zu tun, was du wolltest. Wir würden das Kind behalten. Und je länger ich darüber nachdachte, desto mehr spürte ich in mir ein ganz neues, heftiges Liebesgefühl zu dir wachsen. Ich lechzte danach,

deinen Körper, in dem mein Same keimte, in den Armen zu halten.
Doch in Livorno geschah das Unglaubliche. Als ich eintrat, fand ich dich im Sessel sitzen und fernsehen. Du bist nicht einmal aufgestanden, um mir entgegenzugehen, und als ich dich umarmen wollte, hast du gesagt: Rühr mich nicht an. Dann hast du mit einer tonlosen Stimme, die ich nie mehr vergessen werde, weitergeredet: Es ist alles nicht wahr, ich habe dir ein Märchen erzählt, ich bin nicht schwanger, ich wollte dich nur auf die Probe stellen. Das war ein Schlag, bei dem mir die Knie weich wurden.
Ich habe mich umgedreht, bin auf die Straße gelaufen und hatte nur einen Gedanken im Kopf: zum Bahnhof rennen, um den ersten Zug zu nehmen, der mich wieder nach Süden brachte. Ich wollte fliehen, den größtmöglichen Abstand zwischen uns legen. Dann habe ich nichts mehr von dir gehört, bis vor fünf Tagen dein Brief kam. Als wäre es das Selbstverständlichste von der Welt, schreibst du mir, du seist in die Schweiz gefahren, um abzutreiben, und zum Beweis legst du die Rechnung der Klinik bei.
Ich war am Boden zerstört. Ich hatte nicht einmal mehr eine Stimme, um deine Anrufe zu beantworten. Und verstand nicht, warum du mich so hartnäckig mit Telefonaten bombardiertest. Wolltest du mir noch eine Lüge erzählen? Du hast in schamloser Weise mit mir, mit meinen Gefühlen gespielt. Hast mir brutal die Vaterschaft verweigert, die ich inzwischen freudig akzeptiert hatte. Du hast mich grausam bestrafen wollen, weil ich einen Moment lang gezögert habe, weil ich über ein Ereignis nachdenken wollte, auf das ich,

wenn es nach dir gegangen wäre, sofort so überglücklich hätte reagieren sollen wie du.
Und wenn ich jetzt an die Tage und Nächte zurückdenke, die ich mit dir verbracht habe, ist das einzige Gefühl, das ich verspüre, Abscheu. Abscheu vor deinem Körper, sogar vor deiner Stimme. Mir ist, als wäre meine Haut noch immer von etwas so Schlammigem, so Übelriechendem durchtränkt, dass es lange dauern wird, bis dieser Eindruck verfliegt.
Ich hasse dich nicht, ich empfinde nur grenzenloses Mitleid mit dir.
Eine Frau, die einem Mann das antut, was du getan hast, ist keine böse, sondern eine unglückliche Frau, eine Kranke, die ihre Instinkte, ihre Impulse nicht beherrschen kann, ja, sich von ihnen beherrschen lässt.
Ich hoffe, dass ich mich irre, doch mittlerweile bin ich überzeugt, dass du so bist und dass es zwecklos ist, dich ändern zu wollen.
Ich glaube nicht, dass wir uns je wiedersehen.

Ernesto

P. S. Zu deiner Information: Vom nächsten Monat an werde ich die Miete für die Wohnung in Livorno nicht mehr zahlen, und du wirst keine monatliche Überweisung mehr von mir erhalten. Richte dich dementsprechend ein.

LA GIOCONDA
Bar PASTICCERIA
Via Raciti 18, Rom

Du verscheißerst mich nicht, hast du kapiert, Schlampe?
Was für 'n Spielchen willst du spielen?
Nachts lässt du dich durchficken wie 'ne Nutte, kriegst nie genug, und am nächsten Morgen kommst du in die Bar, setzt dich hin und kommandierst mich rum?
Klar, ich bin hier Kellner und muss dich bedienen, aber wieso hast du immer was zu motzen?
Mal ist der Kaffee kalt, mal hab ich zu viel Milch reingetan, mal fängst du an zu schreien, ich hätte den Löffel angefasst …
Macht dir wohl Spaß, tagsüber die feine Dame zu spielen, die Ansprüche hat und nervt, und im Dunkeln die Nutte?
Willst du mich fertigmachen? Der Chef hat schon zweimal gesagt, ich soll aufpassen bei dir.
Pass du lieber auf, wenn er mich rausschmeißt, kannst du was erleben.
Wenn er mich rausschmeißt, kannst du lange warten, einen Scheiß komm ich nachts noch zu dir.
Hast du kapiert? Solche wie du und besser wie du find ich, so viele ich will. Was bildest du dir ein, dass bloß du 'ne Möse hast?

2. SEPTEMBER 2009

Rom, 2. September 2009

Liebe Laura,

leider können wir uns nicht persönlich sprechen, du hast Grippe, und ich werde noch vier Tage in der Klinik bleiben müssen. Der Unfall war schlimm, ich bin ein bisschen verbeult, aber im Grunde ist es nicht so übel für mich ausgegangen, wie man zuerst gedacht hatte, und jetzt bin ich auf dem Weg völliger Genesung.
Ich wollte dir sagen, dass Giacomo mich heute besucht hat. Ich konnte es ihm nicht abschlagen, er hatte schon dreimal angerufen, um mich zu sehen. Offenbar wollte er sein Herz ausschütten. Also musste ich mich fügen und mit Geduld wappnen. Er war niedergeschlagen, deprimiert und vor allem tödlich beleidigt. Das Sprechen bereitete ihm Mühe, und irgendwann habe ich sogar befürchtet, er würde anfangen zu weinen. Er kommt vor allem nicht darüber hinweg, wie brutal du ihn abgefertigt hast. Er hat mir erzählt, du hättest ihn angerufen, um ihm zu sagen, dass du nicht zu ihm kommen könntest, wie ihr vereinbart hattet. Und auf seine Bitte, dir Gründe zu nennen, sollst du geantwortet haben, dass du plötzlich Durchfall bekommen hast und in der schlaflosen Nacht zwischen Klo und Bett die unwiderrufliche Entscheidung getroffen hast, ihn nicht wiederzusehen.

«Sie hat mich regelrecht ausgeschissen!», rief er immer wieder verzweifelt.
Nun, dass Giacomo ein Scheißkerl ist, steht außer Frage, und davor hatte ich dich schon gewarnt, als du noch blind in ihn verknallt warst, wie es so deine Art ist, doch mir scheint, dass du in diesem Fall unnötig grausam vorgegangen bist.
Ich möchte dich warnen. Ich bin mir ganz sicher, dass Giacomo wieder zum Angriff übergehen wird, sobald er sich von dem Schlag erholt hat. Und weil er so ist, wie er ist, wird ihm jedes Mittel recht sein. Der ist imstande, bis zur Erpressung zu gehen, jeden möglichen Mist zu bauen, sogar deine Ehe in Gefahr zu bringen. Wenn du meinen Rat willst, ruf ihn an, sag ihm, dass dir nicht klar war, was du geredet hast, besänftige ihn. Ich sage nicht, dass du noch mal mit ihm ins Bett gehen sollst, aber lass ihn nicht von der Leine, gib ihm eine schwache Hoffnung, dass eure Beziehung sich wiederbeleben könnte. Kurz, versuch Zeit zu gewinnen, dann wird man weitersehen.
Ich umarme dich in der Hoffnung, dass der Wind nicht zu stark weht.

Giulia

13. JUNI 2010

Von: Aldo Soncini
An: Luca Maurizi
Datum: 13. Juni 2010
Betreff: Laura Garaudo

Sehr geehrter Dott. Maurizi,

wie versprochen, erzähle ich Ihnen von der außergewöhnlichen Eingebung, die Laura in meiner Gegenwart hatte, als sie das Fresko *Noli me tangere* des Beato Angelico zum ersten Mal sah.

Es ist Ihnen sicher bekannt, dass die Episode der Begegnung zwischen Maria Magdalena und Jesus nach seiner Auferstehung zum Johannesevangelium gehört. Maria Magdalena begibt sich vor Tagesanbruch allein zu Jesu Grab, um seinen Tod zu beweinen. Doch sie findet das Grab, das in einem Garten liegt, leer. Verwundert fragt sie einen Mann in der Nähe, den sie für einen Gärtner hält, ob er den Leichnam an sich genommen habe. Doch der Mann gibt sich zu erkennen, indem er sie beim Namen nennt. Es ist der auferstandene Christus. Maria Magdalena will sich auf ihn stürzen. Jesus aber hält sie zurück, indem er spricht: «Rühre mich nicht an.» Ob und wie Magdalena sich bewegt, bleibt unausgesprochen, tatsächlich heißt es in der Version des Evangeliums, die von Ricciotti, einem unserer bedeutendsten Exegeten, herausgegeben wurde, wörtlich: «Jesus sagte: Maria. Sie wandte sich um und rief aus: Meister! Jesus sagte: Rühre mich nicht an.» Wie Sie sehen, wird nicht ausdrücklich gesagt, dass Maria Magdalena versuchte, Jesus zu berühren oder zu umarmen. Es ist sehr wahrscheinlich, dass sie es beabsichtigte, doch Jesus kommt ihr mit seinen Worten zuvor und hält sie zurück.

In einer anderen, von Marco Adinolfi kommentierten Version desselben Textes von Johannes wird die Situation dagegen so geschildert: «Und Jesus sagt zu ihr: Maria! Sie wendet sich um und antwortet auf Hebräisch: Rabbuni! (was ‹mein Meister› bedeutet). Da sagt Jesus: Umarme mich nicht!»

Hier wird sogar von einer Umarmung gesprochen!

Darum beeilt sich Adinolfi zu erklären: «Nachdem er zunächst mit dem Gärtner verwechselt wurde, gibt Jesus sich der Frau zu erkennen und fordert sie auf, sich nicht an seine Füße zu klammern.»

Auf dieses Anklammern an die Füße gibt Johannes jedoch nicht den kleinsten Hinweis.

Wenn Sie nun das Fresko des Angelico betrachten, sehen Sie Magdalena kniend, den rechten Arm zu Jesus Füßen hingestreckt, während sie den linken Arm höher hebt als den rechten und ihre halbgeöffnete Hand sehr nahe bei der Hand Jesu hält. Die Hand der Jesusfigur scheint ihrerseits keine entschlossene Geste der Abwehr zu machen. Ganz im Gegenteil. Es ist, als hätte sie sich soeben geöffnet, um etwas loszulassen, das sie einen Augenblick zuvor noch fest umschlossen hielt.

Nun, Laura entdeckte diese entscheidende Mehrdeutigkeit, die das Fresko ausdrückt, und rief sofort aus: «Sie haben sich doch schon berührt!» Und auf meine Bitte um eine Erklärung fügte sie hinzu, für sie sei es offensichtlich, dass Angelico den Moment habe darstellen wollen, der unmittelbar folgte, nachdem die linke Hand Maria Magdalenas und die rechte Hand Jesu einander gehalten und sich dann aufgrund der von Jesus ausgesprochenen Warnung voneinander gelöst hatten.

Eine Simulation der Bewegungen mit einem dreidimensionalen Computergraphikprogramm bewies, dass Lauras Intuition völlig plausibel war.

Aber damit nicht genug. Ich erinnere mich, dass ich Laura fragte, warum Jesus und Maria sich ihrer Meinung nach nur an den Händen berührt haben.

Sie konnte mir keine Antwort geben.

Jahre später habe ich eine Antwort auf meine Frage bekommen. Nicht von Laura, von der ich mittlerweile keine Nachricht mehr hatte, sondern durch meine Lektüre der apokryphen Evangelien. In einem (ich weiß nicht mehr, in welchem, ich habe das Buch nicht zur Hand) wird erzählt, dass Maria Magdalena, als sie vom Todesurteil über Jesus erfährt, zu ihm vordringen kann und ihn anfleht: «Gebt mir Eure Hände, die mich so sehr geliebt haben.»

Es war also ein Zeichen der Kontinuität, wenn die beiden nach Jesu Tod und Auferstehung noch einmal ihre Hände ineinanderlegten. Ein weiterer Beweis, dass Laura eine ebenso brillante wie zutreffende Eingebung gehabt hatte.

Jetzt, wo ich Ihnen dies schreibe, fällt mir wieder ein, dass

ich Laura damals auch gefragt habe, wie sie den ganzen Satz interpretierte, den Jesus zu Magdalena sagt: «Rühre mich nicht an, denn ich bin noch nicht zu meinem Vater aufgestiegen.» Sie antwortete: «Weil er noch einen Körper hat, weil er noch Fleisch ist. Der Körper ist eine Last, von der er sich befreien muss, bevor er in den Himmel auffährt.» Doch das ist nur noch ein kurioses Detail, das ich Ihnen berichte, um das Bild zu vervollständigen.
Ich möchte Ihre Zeit nicht länger in Anspruch nehmen und grüße Sie mit den besten Wünschen für Ihre Arbeit und in der Hoffnung, dass Sie mir, falls Sie es für angebracht halten, weitere Nachrichten von Laura geben können. Ich habe bei Nachforschungen im Netz von ihrem Verschwinden erfahren und hoffe, dass es bald beruhigende Neuigkeiten gibt.

Hochachtungsvoll,
Aldo Soncini

14. JUNI 2010

«Guten Tag. Bitte nehmen Sie Platz. Ich hoffe, Ihr Besuch bedeutet, dass es Neuigkeiten gibt.»

«Ja, einige, von denen ich Ihnen gleich erzählen werde. Ich bin außerdem gekommen, um Ihnen drei Briefe zurückzugeben, die ich der Korrespondenz Ihrer Frau entnommen habe. Erinnern Sie sich, dass Sie mir das erlaubt hatten?»

«Natürlich.»

«Bitte sehr, die Briefe.»

«Hätten Sie die Freundlichkeit, mit mir nach drüben in ihr Arbeitszimmer zu gehen und die Briefe wieder an Ort und Stelle zu legen?»

«Sie möchten die Briefe nicht einmal in die Hand nehmen?»

«Darum geht es nicht. Wenn ich sie anfassen würde, könnte ich der Versuchung, sie zu lesen, nicht widerstehen, da bin ich sicher.»

«Vielleicht täten Sie gut daran.»

«Sind Ihnen die Briefe von Nutzen gewesen?»

«In gewisser Weise ja.»

«Enthalten sie wenigstens einen schwachen Anhaltspunkt, um Gründe zu erkennen, die meine Frau zu dieser Flucht veranlasst haben?»

«Nicht den geringsten.»

«Was dann?»

«Sie haben mir Aufschluss über einige Seiten der Persönlichkeit Ihrer Frau gegeben. So, jetzt liegen sie wieder an ihrem Platz.»

«Wenn Sie noch andere Briefe mitnehmen möchten …»

«Danke, was ich gelesen habe, genügt mir. Bitte haben Sie Verständnis, wenn ich auf eine Frage zurückkommen muss, die ich Ihnen schon einmal gestellt habe. Sie haben mir bereits erzählt, dass Ihre Frau keinerlei Reaktion zeigte, als Sie ihr sagten, Sie wollten keine Kinder.»

«So war es.»

«Das bezweifle ich nicht. Aber Sie bemerkten keinerlei Anzeichen, auch kein kleines Zeichen von, was weiß ich, Enttäuschung, Missbilligung …?»

«Das Thema schien sie vollkommen gleichgültig zu lassen. Warum? Beklagt sie sich etwa in einem Brief darüber?»

«Nein, das war nur so eine Idee von mir. Ist in diesen Tagen Post für Ihre Frau gekommen?»

«Nichts.»

«Telefonate?»

«Nur ein Anruf, Filippa hat mir davon erzählt. Er kam von der Buchhandlung, in der Laura Kundin ist, man wollte ihr mitteilen, dass das von ihr bestellte Buch angekommen war.»

«Wissen Sie, um welches Buch es sich handelt?»

«Nein, aber wenn Sie wollen … die Buchhandlung Aurora liegt ganz in der Nähe, in der Parallelstraße.»

«Führte die Signora ein Tagebuch oder etwas Ähnliches?»

«Etwas in der Art, glaube ich. Es handelt sich jedoch nicht um ein regelrechtes, täglich geführtes Tagebuch … wenn sie etwas beeindruckt, pflegt sie es aufzuschreiben.»

«Ich habe nichts dergleichen gefunden.»
«Was soll ich Ihnen sagen? Wahrscheinlich hat sie es mitgenommen.»
«Oder sie bewahrt es in der anderen Wohnung auf.»
«Welche andere Wohnung?»
«Warum fragen Sie? Ihre eigene Wohnung, wo sie wohnte, bevor sie zu Ihnen zog.»
«Die hat sie immer noch? Ich dachte, sie hätte sie verkauft. Wollen Sie mir damit sagen, dass sie gelegentlich dorthin ging?»
«Mit Sicherheit einmal, in Begleitung von Filippa. Wenn es möglich ist, würde ich gerne einen Blick in die Wohnung werfen.»
«Tun Sie das.»
«Haben Sie eine Idee, wo die Schlüssel sein könnten?»
«Sie verwahrt alle Schlüssel in einer Blechdose in der ersten Schublade links. Machen Sie die Schublade ruhig auf.»
«Da ist die Blechdose. Sie ist leer.»
«Dann verstehe ich nicht, wie sie … Ich möchte nicht unhöflich erscheinen, aber könnten Sie mir jetzt bitte von diesen Neuigkeiten berichten?»
«Ich habe einen Kollegen gebeten, Nachforschungen anzustellen. Ihre Frau hat die Nacht vom 5. auf den 6. Juni in Florenz im Hotel Columbus verbracht. Sie ist nach Mitternacht mit ihrem Auto angekommen, hat es in der Hotelgarage abgestellt und ist am nächsten Tag wieder abgereist.»
«War sie … allein?»
«Ja.»
«Fast wäre es beruhigender für mich, wenn Sie mir gesagt

hätten, sie sei in Begleitung gewesen. Ich verbringe die Nächte damit, mir Fragen über Fragen zu stellen … schreiben kann ich nicht mehr … Warum nur fährt sie so … so ohne Ziel und Zweck durch die Gegend … was ist in sie gefahren? Wissen Sie, ich habe mit unserem Hausarzt gesprochen … mir war der Verdacht gekommen, Laura könnte krank sein und es mir verheimlicht haben.»

«Was hat der Arzt Ihnen gesagt, wenn Sie mir die Frage gestatten?»

«Dass sie bei bester Gesundheit ist.»

«Das habe ich mir gedacht.»

«Außerdem frage ich mich … Was meinen Sie, Commissario, wenn man die Bewegungen auf ihrem Konto kontrollieren würde, könnte man da nicht …?»

«Natürlich, das ist mir sofort eingefallen. Mit der Karte für den Bankautomaten wurde kein Geld abgehoben, denn Signora Garaudo hat ihr Bankkonto geschlossen und das gesamte Guthaben persönlich abgehoben.»

«Wann war das?»

«Noch an dem Morgen, an dem sie weggegangen ist.»

«Hat man Ihnen gesagt, wie viel …?»

«Fast hundertfünfzigtausend Euro. Haben Sie Ihrer Frau ein monatliches Haushaltsgeld gezahlt?»

«Nein. Laura hätte das kategorisch abgelehnt.»

«Woher hatte sie dann dieses Geld?»

«Es war der Rest ihrer väterlichen Erbschaft.»

«Jedenfalls eine beträchtliche Summe. Wenn sie will, kommt sie damit sehr weit. Apropos, wie fährt Ihre Frau Auto?»

«Laura? Sie fährt gern ziemlich schnell. Warum fragen Sie?»

«Wenn sie am frühen Nachmittag von hier losgefahren ist, warum ist sie dann erst nach Mitternacht in Florenz angekommen? Hat sie zwischendurch haltgemacht? Oder ist sie noch ein paar Stunden in Rom geblieben?»

«Tut mir leid, dass ich Ihnen da keine Hilfe sein kann. Doch entschuldigen Sie bitte, darf ich Sie etwas fragen?»

«Natürlich.»

«Wie sind Sie darauf gekommen, dass meine Frau ausgerechnet nach Florenz gefahren sein könnte?»

«Nun … sagen wir, es war eine glückliche Eingebung.»

14. JUNI 2010

«Sind Sie der Pförtner? Ich bin Commissario Maurizi.»
«Was wollen Sie?»
«Ich möchte einen Blick in die Wohnung von Signora Garaudo werfen. Ich habe die schriftliche Einwilligung ihres Ehemanns.»
«Na und?»
«Die Haushaltshilfe der Signora hat mir gesagt, Sie hätten Nachschlüssel zur Wohnung. Geben Sie mir die Schlüssel, bitte?»
«Die hab ich nicht mehr.»
«Was bedeutet das?»
«Es bedeutet, dass die Signora von der Agentur mich angerufen hat, da würde gleich einer kommen, um die Schlüssel abzuholen. Der ist gekommen, und ich hab sie ihm gegeben.»
«Erinnern Sie sich an den Namen der Agentur?»
«Klar, sie heißt ‹Die Gelegenheit›. Liegt hier gleich um die Ecke.»
«Danke.»

«Guten Tag. Ich komme wegen der Wohnung in der Via Liberati 15. Die Wohnung steht zum Verkauf, richtig?»
«Ja, das stimmt. Die Wohnung muss ein bisschen renoviert werden, ist aber sehr hell.»
«Seit wann steht sie zum Verkauf?»

«Seit etwa zwei Wochen. Wir haben bereits Interessenten, aber wenn Sie die Wohnung besichtigen möchten …»

«Hören Sie, ich bitte um Entschuldigung, ich bin hier nicht als Käufer. Mein Name ist Maurizi, vom Polizeipräsidium. Nein, kein Grund zur Besorgnis, nur ein paar Fragen.»

«Natürlich, fragen Sie.»

«Soweit ich weiß, befinden sich noch persönliche Gegenstände von Signora Garaudo in der Wohnung.»

«Ja, darüber hat sie uns informiert. Sie hat auch gesagt, dass sie keine Verwendung mehr für diese Sachen hat. Sie werde eine lange Reise machen, sagte sie, und es sei nicht möglich, Kontakt zu ihr aufzunehmen.»

«Hat Sie Ihnen den Namen einer Person dagelassen, an die Sie sich wenden können, falls es Kaufangebote gibt?»

«Die gibt es bereits. Wir sind mit dem Verkauf sogar schon recht weit vorangekommen.»

«Würden Sie mir bitte sagen, wer die Interessen von Signora Garaudo vertritt?»

«Ja. Warten Sie einen Moment … Es ist der Anwalt Michele Doria. Möchten Sie die Telefonnummer?»

15. JUNI 2010

«Ich möchte Ihnen sehr herzlich für die Offenheit danken, mit der Sie mir von Ihrer Beziehung zu Signora Garaudo erzählt haben, Avvocato Doria.»

«Sie können sicher sein, dass Laura Ihnen ebenso offen Auskunft erteilt hätte, wenn Sie sie über ihre Beziehung zu mir oder zu jedem beliebigen anderen befragt hätten.»

«Jetzt frage ich Sie: Wussten Sie, dass Signora Garaudo die Absicht hatte, ihren Mann zu verlassen und wegzugehen?»

«Ich hatte nicht die leiseste Ahnung.»

«Dann haben Sie, der engste Freund der Signora, also erst nach vollendeten Tatsachen von der Flucht erfahren?»

«Das ist nicht ganz korrekt.»

«Was heißt das?»

«Sie kam, um es mir zu sagen.»

«Wann?»

«Am Nachmittag des 5. Juni hat sie mich besucht.»

«Am Tag ihres Verschwindens?»

«Genau. Es mochte ungefähr vier Uhr gewesen sein. Sie hatte vorher angerufen.»

«Damit ich recht verstehe: Sie verließ ihre Wohnung und kam dann zu Ihnen, bevor sie ihre Reise antrat?»

«So ist es.»

«Also sind Sie der Letzte ihrer Bekannten, mit dem sie gesprochen hat?»

«Offenbar.»

«Nannte sie Ihnen Gründe für diese Flucht?»
«Nein. Sie sagte nur, dass sie die Absicht habe wegzugehen. Allerdings setzte sie noch hinzu, dass kein Mann im Spiel sei.»
«Und Sie glaubten ihr?»
«Mich hat sie nie belogen.»
«Sagte sie, wohin sie fahren wollte?»
«Auch das nicht. Ich habe sie auch nicht danach gefragt.»
«Warum nicht?»
«Daraus, dass sie es mir nicht gesagt hat, geht klar hervor, dass sie es nicht sagen wollte, und ich habe ihren Willen respektiert. Stattdessen sprach sie von der Wohnung, die sie verkaufen wollte, und gab mir auch die Vollmacht für den Verkauf.»
«Hat sie Ihnen gesagt, wohin Sie ihr den Erlös aus dem Verkauf schicken oder überweisen sollten?»
«Ja, aber ich sollte ihr das Geld nicht sofort schicken.»
«Was sollten Sie dann tun?»
«Ich sollte es aufbewahren und dann einer Person schicken, deren Name und Adresse mir zu gegebener Zeit mitgeteilt werden würde.»
«Von der Signora selbst?»
«Nein, nicht von ihr, sondern von jemandem, der sich mit einem Losungswort bei mir melden würde.»
«Welches lautet?»
«Beato Angelico.»
«Über den sie ihre Doktorarbeit geschrieben hat.»
«Das wissen Sie auch?»
«Wie lange blieb Signora Garaudo bei Ihnen?»

«Bis neun Uhr abends oder etwas später.»
«Verzeihen Sie die Frage. Haben Sie …?»
«Nein. Ich hätte es gerne getan, doch sie wollte nicht … Sie sagte auf Latein: ‹Rühre mich nicht an›. Wir haben uns unterhalten und dann eine Pizza bestellt. Wir haben gegessen und uns lange umarmt. Uns beiden war bewusst, dass dies eine Art Abschied war, danach ist sie losgefahren.»
«Wo fanden Ihre Begegnungen früher statt?»
«Manchmal bei mir, ich bin Junggeselle. Öfter jedoch in ihrer Wohnung in der Via Liberati.»
«Wissen Sie, Avvocato, ich hatte Gelegenheit, ein wenig von der Korrespondenz der Signora zu lesen.»
«Mattia hat Ihnen die Erlaubnis gegeben?»
«Ja. Er war sehr hilfsbereit.»
«Mattia würde diese Briefe jedem zu lesen geben, nur um sie nicht selbst lesen zu müssen.»
«Einige waren wirklich interessant für mich.»
«Welche?»
«Einer betraf ihre Beziehung zu dem Marineoffizier, in den sie verliebt war, einer stammte von einem Gelegenheitsliebhaber und der dritte von ihrer Freundin Giulia, dort ging es um einen anderen ihrer ehemaligen Liebhaber. Es gab noch mehr Briefe mit ähnlicher Thematik.»
«Das kann ich mir vorstellen.»
«Wussten Sie, dass die Signora ein so intensives Sexualleben hatte?»
«Natürlich wusste ich das.»
«Haben Sie indirekt davon erfahren? Plaudereien unter

Freunden, Gerüchte, Anspielungen ... auf solchen Wegen?»
«Aber nein! Sie selbst hielt mich auf dem Laufenden. Sie erzählte mir alles, wenn sie Lust dazu hatte. Commissario, Sie haben aus diesen Briefen natürlich ein, gelinde gesagt, verheerendes Bild von Laura gewonnen.»
«Ehrlich gesagt, nein.»
«Wirklich nicht?»
«Ich bin kein Richter, dazu fehlt mir die Berufung, und wenn Sie denken, dass ich Anstoß am Verhalten von Laura Garaudo nehme, irren Sie sich.»
«Ist das Ihr Ernst?»
«Ich habe viel eher den Eindruck, dass sie sich durch ihre fortwährende Hingabe an andere Menschen ... es ist schwer, das in Worte zu fassen ... dass sie sich dadurch selbst verlieren wollte ...»
«Oder sich auslöschen?»
«Ja, sich auslöschen, das ist das richtige Wort.»
«Meinen aufrichtigen Glückwunsch, Commissario. Sie sind ein sehr sensibler und scharfsinniger Mann.»
«Warum sagen Sie das?»
«Weil viele sich eine falsche Vorstellung von Laura gemacht haben. Stellen Sie sich vor, einer ihrer ehemaligen Liebhaber hat einmal gesagt, über ihr wehe der Wüstenwind, weil sie die Wüste sei. Ganz im Gegenteil, Laura ist eine Quelle. Eines Tages, wir waren in ihrer Wohnung, habe ich sie nach dem Grund für diese Verschwendung gefragt, bei der sie übrigens weder Freude oder Befriedigung empfand. Sie antwortete nicht sofort. Nach einer Weile ging sie ein

Buch holen und kam zurück ins Bett. Es waren die Gedichte von Dino Campana.»

«Die kenne ich.»

«Ach, wirklich? Sie erstaunen mich schon wieder. Umso besser, dann wird es Ihnen leichter fallen zu verstehen. Sie las mir das berühmte Gedicht vor, das einen Geschlechtsakt besingt – erinnern Sie sich? – und mit zwei außergewöhnlichen Versen endet, in denen der Dichter, während er die Kehle der Frau umfasst, endlich in seine alte Heimat einkehrt, ‹in das große Nichts›. Da verstand ich, was Laura suchte. Das große Nichts. Genau das war es, wonach sie sich sehnte. Und das Nichts ist, wenn man es recht bedenkt, eine Form des Absoluten.»

15. JUNI 2010

«Maurizi? Ich bin's, Pirro. Ciao, mein Lieber. Hätte nicht gedacht, dass ich dich so spät noch im Büro antreffe.»

«Ich wollte gerade gehen. Was gibt's?»

«Ich rufe wegen dieser Signora an, die neulich hier in Florenz übernachtet hat, wie ich dir berichtet hatte … wie hieß sie noch … Gabaudo?»

«Garaudo.»

«Erinnerst du dich, dass du mir auch das Kennzeichen ihres Autos gegeben hattest?»

«Ja. Und weiter?»

«Wir sind fündig geworden.»

«Was habt ihr gefunden, die Signora oder das Auto?»

«Das Auto.»

«Wo hat sie es geparkt?»

«Nirgendwo. Es ist auf einer Nebenstraße nach Pisa von einer ziemlich hohen Brücke hinuntergestürzt.»

«O Gott! Und sie?»

«Kein Grund zur Aufregung. Man hat mir gesagt, dass das Auto leer war. Und obwohl die Umgebung gründlich abgesucht wurde, hat man keine Leiche gefunden, was seltsam ist.»

«Vielleicht wurde sie bei dem Sturz aus dem Auto geschleudert, und …»

«Daran haben die Beamten natürlich auch gedacht, was glaubst du denn? Nichts. In Luft aufgelöst.»

«Das ist doch unmöglich!»
«Aber so ist es. Sie haben mir auch erklärt, das Auto sei so übel zugerichtet, dass jemand, der da drin war, den Sturz garantiert nicht überlebt hätte. Nicht mal eine Handtasche, einen Schuh oder so was haben sie gefunden. Nichts. Die Fahrzeugpapiere waren im Handschuhfach.»
«Der Führerschein auch?»
«Nein, der nicht.»
«Und wie erklärt sich das Ganze?»
«Es gibt keine Erklärung. Aber ich habe da eine Idee.»
«Wann ist das passiert?»
«Vor ein paar Tagen. Meiner Meinung nach ist es an dem Tag passiert, als sie das Hotel verlassen hat, am 6. Juni.»
«Warum hat man das Auto denn nicht früher entdeckt?»
«Es wurde erst jetzt gefunden, weil es in einer Art Wald unter der Brücke gelandet ist.»
«Habt ihr es schon rausgeholt?»
«Noch nicht. Ist nicht so einfach, weißt du?»
«Umso besser.»
«Warum?»
«Ich komme morgen nach Florenz. Das will ich mir persönlich ansehen. Könntest du jemanden von der Spurensicherung bitten, mich zu begleiten?»
«Darum brauchst du dich nicht zu kümmern. Die Spurensicherung ist mit ihren Untersuchungen schon durch. Im Inneren des Autos gibt es nicht die geringste Spur von Blut. Fingerabdrücke, so viel du willst, aber wir wissen nicht, zu wem sie gehören.»
«Gab es auch welche hinten an der Außenseite des Autos?»

«Kompliment, Maurizi. Ich sehe, du bist zu derselben Schlussfolgerung gelangt wie ich.»
«Es war kein Unfall, das Auto wurde von der Brücke gestürzt.»
«Weißt du zufällig, ob die Signora irgendwas Wertvolles bei sich hatte?»
«Von Schmuck weiß ich nichts. Mit Sicherheit hatte sie hundertfünfzigtausend Euro bei sich.»
«In bar?»
«Ich glaube, ja.»
«Mist! Dann kann es sein, dass sie ausgeraubt wurde und …»
«Aber warum dann dieser Umstand mit dem Auto? Sie hätten es dort stehen lassen oder mitnehmen können.»
«Vielleicht wollten sie, dass der Raub so spät wie möglich entdeckt wurde.»
«Kann sein, aber …»
«Was aber?»
«Irgendwas gefällt mir an der Sache nicht.»
«Was denn?»
«Das weiß ich noch nicht.»
«Hör mal, Maurizi, darf ich die Sache dem Mobilen Einsatzkommando und denen von der Überfallbekämpfung melden?»
«Natürlich. Hör zu, ich werde jetzt in die Wohnung der Garaudo gehen und einen Gegenstand requirieren, den sie mit Sicherheit in der Hand gehabt hat. Dann schicke ich dir die Fingerabdrücke.»
«In Ordnung.»

16. JUNI 2010

«Hallo? Familie Todini?»

«Ja.»

«Commissario Maurizi. Sind Sie das, Filippa?»

«Ja.»

«Ich hätte gern mit Signor …»

«Ist nicht da.»

«Ist er rausgegangen?»

«So wie's aussieht, ist er weg.»

«Wissen Sie, wann er wiederkommt?»

«Weiß ich nicht.»

«Zum Mittagessen ist er doch sicher wieder da …»

«Ich weiß gar nichts, sag ich Ihnen doch. Die haben ihn ins Krankenhaus gebracht.»

«Ins Krankenhaus? Warum denn, was ist passiert?»

«Es ist passiert, dass er heute Morgen Post gekriegt hat.»

«Ja, und?»

«Er war im Arbeitszimmer, ich in der Küche, ne? Da steht er auf einmal vor mir und sieht aus wie ein Toter, hat 'n Brief in der Hand, zittert überall, sagt, ich soll ihm Wasser geben, aber ich hab mich noch nicht umgedreht, da liegt er schon auf 'm Boden. Was der mich erschreckt hat, Himmel, war das 'n Schreck!»

«Und dann?»

«Was sollte ich denn machen? Hab ihn bis zum Bett geschleift, dann hab ich seinen Arzt angerufen.»

«Was hat der Arzt gesagt?»

«Dass es der Schreck von dem Brief war. Und dann hat er ihn ins Krankenhaus bringen lassen, von wegen seinem Herzen, das ist bei ihm nicht so ganz in Ordnung.»

«Hat der Arzt den Brief gelesen?»

«Hm, ja.»

«Und wo ist er jetzt?»

«Der Arzt? Was weiß ich denn?»

«Nein, ich meinte den Brief.»

«Wo soll der schon sein? Liegt auf dem Küchentisch.»

«Lassen Sie ihn dort liegen. Ich komme sofort.»

«Aber Beeilung, ja? Ich muss los, einkaufen gehen.»

FINDE DICH
MIT DEM UNVERMEIDLICHEN AB
DU WIRST
LAURA NICHT WIEDERSEHEN
ES GEHT IHR
GUT BEI UNS

17. JUNI 2010

IL MESSAGGERO

Laura Garaudo noch immer verschwunden
Hinweise auf eine Entführung

Rom. Über dem mysteriösen Verschwinden von Laura Garaudo ziehen sich immer dunklere Wolken bedrohlich zusammen. Zunächst hatte man einen freiwilligen Weggang aus privaten Gründen angenommen. Da in den literarischen Kreisen Roms bekannt war, dass Laura Garaudo an ihrem ersten Roman arbeitete, der im selben Verlag wie die Bücher ihres Mannes erscheinen sollte, verbreitete sich im Netz die – nicht bestätigte – Nachricht, dass es sich um eine ungewöhnliche Werbemaßnahme handelte.
Inzwischen wurden jedoch Spuren gefunden, die nur noch besorgniserregende Vermutungen zulassen: Der Fund ihres Autos, das auf einer Nebenstraße von Florenz nach Pisa von einer Brücke gestürzt ist oder hinuntergestürzt wurde, und ein anonymer Brief an den Ehemann Mattia Todini ergeben ein düsteres Bild. Laura Garaudo hat die eheliche Wohnung wahrscheinlich zunächst aus eigenem Entschluss verlassen und ist dann vermutlich einer Verbrecherbande in die Hände gefallen, die sie offenbar gefangen hält. Doch warum, wenn es in dem anonymen Brief keinen Hinweis

auf eine Lösegeldforderung zu geben scheint? Commissario Maurizi, der die Ermittlungen leitet, wollte keinerlei Erklärungen dazu abgeben.

18. JUNI 2010

«Haben Sie gestern die Zeitungen gelesen, Maurizi?»

«Ja, Signor Questore.»

«Da ist keine, die sich nicht mit dem Verschwinden der Garaudo befasst. Gestern Nachmittag habe ich dann einen Anruf vom Minister bekommen. Er ist ein guter Freund von Todini. Wir bringen ihn um, hat er gesagt.»

«Wen?»

«Todini.»

«Warum das denn?»

«Weil die Ermittlungen seiner Meinung nach zu langsam vorangehen. Und seine Angst wächst mit jedem Tag, der ohne irgendein konkretes Ergebnis vergeht. Er ist auch der Meinung, dass Sie Zeit damit vergeuden, die privaten Briefe seiner Frau zu lesen.»

«Da es uns nicht gelingt herauszufinden, warum die Garaudo das eheliche Heim verlassen hat und Todini in dem Punkt nicht besonders gesprächig ist, wollte ich ein paar Briefe lesen, die verschiedene Personen an die Signora geschrieben haben, um mir ein Bild zu machen, wie sie war, was sie tat, was sie dachte ...»

«Haben Sie sich ein Bild machen können?»

«Nein.»

«Warum nicht?»

«Die Signora ist eine ebenso komplexe wie faszinierende Persönlichkeit.»

«Sie scheint viele Liebhaber gehabt zu haben.»
«Ja.»
«Haben Sie mit diesen Männern gesprochen?»
«Mit einem.»
«Das ist zu wenig. Vielleicht ist es besser, wenn Sie …»
«Chef, ich bin zu der Überzeugung gelangt, dass jeder ihrer Liebhaber mir ein anderes Bild von ihr zeichnen würde.»
«Nach dem, was Sie mir jetzt sagen, nehme ich aber an, sie würden alle in dem Punkt übereinstimmen, dass es sich um eine ziemlich leichtfertige Person handelt.»
«Auf gar keinen Fall! Das wäre ein oberflächliches Urteil. Wissen Sie, diese Frau …»
«Was ist los mit Ihnen, Maurizi, warum ereifern Sie sich denn so? Sie wollen mir doch nicht weismachen, diese Frau erregt Sie, ohne dass Sie sie je gesehen hätten! Reden wir lieber von ernsten Dingen. Wie weit sind Sie mit der Ermittlung? Sagen Sie mir etwas, womit ich den Minister besänftigen kann.»
«Die Spurensicherung in Florenz hat gute Arbeit geleistet. Vor drei Tagen habe ich ihnen die Fingerabdrücke von Signora Garaudo geschickt. Nun, ihre Fingerabdrücke finden sich nicht nur im Inneren des Autos, sondern in großer Zahl auch an der Karosserie, links von der Heckscheibe. Die Abdrücke auf der rechten Seite dagegen stammen von einem Mann.»
«Was bedeutet das?»
«Meiner Ansicht nach bedeutet es, dass Signora Garaudo sich von einem Mann dabei helfen ließ, das Auto von der

Brücke zu schieben. Derselbe Mann, der sie dann in seinem Auto mitnahm.»
«Dann reist sie also mit einem ihrer vielen Liebhaber!»
«Das ist nicht gesagt. Es könnte eine Zufallsbegegnung sein.»
«Aber wie hat dieser Mann sich dazu bringen lassen, so etwas zu tun?»
«Vergessen Sie nicht, dass die Signora sehr schön ist. Und sie hat eine große Summe Bargeld bei sich.»
«Ich verstehe trotzdem nicht, warum sie diesen Unfall vorgetäuscht haben soll.»
«Um ihre Spuren zu verwischen. Um neue Vermutungen über ihr Verschwinden entstehen zu lassen. Sie will Staub aufwirbeln.»
«Und wie erklären Sie mir dann den anonymen Brief?»
«Aus dem Poststempel auf dem Briefumschlag geht hervor, dass der Brief vor sieben Tagen in Padua aufgegeben wurde.»
«In Padua?»
«Das ist in der Tat merkwürdig. Nachdem die Signora zwischen Florenz und Pisa entführt wurde, soll sie nun in Padua gefangen gehalten werden. Aber zu welchem Zweck hält man sie gefangen? Es wird nicht einmal Lösegeld verlangt!»
«Sie vermuten also, dass es sich auch dabei um ein Täuschungsmanöver handelt?»
«Ich bin mir ganz sicher. Allerdings wurden weder auf dem Blatt Papier noch auf dem Umschlag Fingerabdrücke der Signora gefunden.»

«Wozu denn eigentlich diese Spazierfahrten durch Italien?»
«Wenn wir das herausfänden, hätten wir die Erklärung für alles. Und genau das ist es, was ich gerade versuche.»
«Wahrscheinlich ist es besser, wenn Todini durch den Minister nichts von dem erfährt, was Sie mir berichtet haben. Die Gefühllosigkeit dieser Frau gegenüber seinem Kummer, seinem Schmerz, würde ihn tödlich verletzen. Was für ein Luder!»
«Ich bitte um Entschuldigung, Chef, aber auch das ist ein oberflächliches Urteil.»
«Sie wollen sich wohl wirklich in Schwierigkeiten bringen, was, Maurizi?»

18. UND 19. JUNI 2010

(ANSA) 18. 6. 2010. Heute Nachmittag hatte der sudanesische Migrant Awan Wafari, wohnhaft auf der Insel Murano (Venedig), beim Fischen in der Lagune eine Damenhandtasche an der Angel, die allem Anschein nach noch nicht lange im Wasser gelegen hatte. Da er beim Öffnen der Tasche außer einem Lippenstift und einem Taschentuch auch ein Portemonnaie mit fünfhundert Euro und einen Führerschein in einer Plastikhülle fand, hielt er es für seine Pflicht, alles der Polizei zu übergeben, obwohl er keine Aufenthaltsgenehmigung hat.

(ANSA) 18. 6. 2010. Der Fund der Damenhandtasche in Murano durch den Migranten Awan Wafari hat zu einer aufsehenerregenden Entdeckung geführt. Der Führerschein gehört Laura Garaudo, Ehefrau des bekannten Schriftstellers Mattia Todini, die vor zwei Wochen aus Rom verschwunden ist.

(ANSA) 19. 6. 2010. Im Morgengrauen schickte die Polizei zwei Taucher bei Murano, dem Fundort der Handtasche von Laura Garaudo, auf die Suche. Es wird nicht ausgeschlossen, dass der Leichnam der Frau in der Nähe aufgefunden wird, falls die Strömungen ihn nicht schon ins offene Meer getrieben haben. Auf dieses tragische Ende scheint das mysteriöse Verschwinden der Frau hinauszulaufen, die, nach den bisher gefundenen Spuren zu urteilen, zwischen Florenz und Pisa von Unbekannten entführt, in Padua gefangen gehalten und schließlich in Murano ermordet wurde.

(ANSA) 19.6.2010. Die Suche nach dem Leichnam von Laura Garaudo ist bis jetzt erfolglos verlaufen.

20. JUNI 2010

«Maurizi?»

«Ja?»

«Ich bin's, Zanardelli.»

«Ciao. Hast du Neuigkeiten für mich?»

«Ja. In der Nacht vom 16. auf den 17. hat Signora Laura Garaudo im Hotel Laguna in Venedig übernachtet.»

«War sie allein?»

«Sie war allein.»

«In welcher Verfassung war sie?»

«Ich selbst habe mit dem Personal des Hotels gesprochen. Es ging ihr ausgezeichnet.»

«Was für Gepäck hatte sie dabei?»

«Einen Koffer mittlerer Größe und eine große Tasche.»

«Gibt es noch etwas?»

«Ja. Bevor sie wieder abreiste, hat sie ein Päckchen bei der Post aufgeben lassen, etwas, was sie hier in Venedig gekauft hatte, in einer vorgefertigten Verpackung mit der Aufschrift VORSICHT ZERBRECHLICH.»

«Erinnern deine Leute sich an die Adresse?»

«Jetzt verlangst du zu viel.»

20. JUNI 2010

«Lieber Signor Todini! Welch eine Freude, Sie zu sehen! Wann wurden Sie entlassen?»

«Ende letzter Woche. Doch wissen Sie, ohne Laura nach Hause zu kommen … Natürlich habe ich nicht erwartet, sie hier wieder anzutreffen, aber … Früher genügte es mir zu wissen, dass sie in ihrem Arbeitszimmer saß und schrieb, um die ganze Wohnung für mich lebendig und behaglich zu machen.»

«Ich verstehe.»

«Nein, Sie müssen entschuldigen, aber das können Sie nicht verstehen. Das ist etwas, was man nicht verstehen kann, wenn man es nicht selbst mit allen Sinnen erlebt hat, und sei es nur ein einziges Mal.»

«Wie geht es Ihnen denn jetzt?»

«Danke, viel besser, Commissario. Ich werde langsam aus meiner Asche wiedergeboren, wie der Phönix. Denn ganz plötzlich … urplötzlich ist alles anders. Dank Laura.»

«Wie bitte? Dank …?»

«Ich verstehe, dass Sie sich wundern. Ich werde es Ihnen gleich erklären. Setzen Sie sich doch erst einmal. Ich danke Ihnen von Herzen, dass Sie so freundlich waren, auf meinen Anruf sofort zu kommen.»

«Das ist doch selbstverständlich!»

«Ich wollte Ihnen sagen, dass man mich über alle Einzelheiten informiert hat, auch über den Fund der Handtasche mit ihrem Führerschein und über die Möglichkeit, dass sie zum Opfer einer …»

«Es tut mir leid, dass Ihnen nicht einmal das erspart blieb.»

«Ihre Kollegen im Polizeipräsidium haben mir alles erzählt. Sehr vorsichtig natürlich. Und sie haben gut daran getan, denn sie konnten ja nicht wissen, welche Wirkung ihre Worte auf mich haben würden.»

«Hören Sie, Signor Todini. Ich denke, jetzt ist der Moment gekommen, Ihnen nichts mehr zu verheimlichen.»

«Hat es weitere … Funde gegeben?»

«Nein. Aber ich möchte Ihnen gegenüber ganz offen sein, auch wenn es Ihre Gefühle verletzen könnte, was ich Ihnen sagen muss.»

«Sprechen Sie. Inzwischen ist es ja sowieso …»

«Ich bin der Ansicht, dass das von der Brücke gestürzte Auto, der anonyme Brief und die Handtasche mit dem Führerschein eine absichtliche Irreführung, ein Täuschungsmanöver waren, um …»

«Von wem?»

«Von Ihrer Frau.»

«Zu welchem Zweck?»

«Teils, um noch mehr Verwirrung zu stiften, teils, um uns auf falsche Fährten zu locken.»

«Welchen Vorteil hätte sie davon?»

«Signora Garaudo weiß genau, dass wir nach ihr suchen, und sie glaubt, dass sie größere Bewegungsfreiheit erlangt, wenn sie uns ihr tragisches Ende vortäuscht.»

«Wenn man die Sache aus Ihrem Blickwinkel betrachtet, müsste man Ihnen tatsächlich recht geben.»

«Sind Sie anderer Auffassung?»
«Ja, ich sehe die Sache anders, in einem ganz anderen Licht. Das genaue Gegenteil von dem, was Sie vermuten.»
«Wie sehen Sie es denn?»
«Ich meine, dass Sie sich irren.»
«Ich bitte Sie, Signor Todini! Sie müssen doch erkennen, wie kindisch diese Inszenierung ist!»
«Nein, das ist es nicht, ich bin ganz Ihrer Meinung, dass es sich um eine Inszenierung von Laura handelt.»
«Ja, und?»
«Ich erkläre es Ihnen. Das Auto, der anonyme Brief, die Handtasche, das alles sind Botschaften, Commissario. Verschlüsselte Botschaften, wenn Sie so wollen, aber Botschaften. Als würde sie Postkarten schicken.»
«An wen?»
«An mich.»
«Und was bedeuten diese ... diese Botschaften?»
«Sie bedeuten, dass sie lebt und an mich denkt.»
«Hm ...»
«Und sie bittet mich, nicht zu trauern, sondern im Gegenteil, ihre ... ihre Gefühle zu teilen. Oder ihre Spannung. Oder ihre Lust. Oder was auch immer es ist.»
«Ich verstehe nicht ganz ...»
«Sie müssen wissen, dass Laura mich nie von dem ausgeschlossen hat, was sie erlebte und empfand. Niemals. Das war ihre Weise, mich zu lieben. Recht eigenartig, das gebe ich zu. Es fällt mir sehr schwer, darüber zu sprechen ... Schon in den ersten Tagen unserer Ehe entstand zwischen uns eine Art verschwörerisches Einverständnis, wie bei

jahrelang verheirateten Paaren. Mein Arbeitszimmer ist voll kleiner Geschenke, die sie mir mit einem anspielungsreichen Lächeln überreicht hat.»
«Ich verstehe immer noch nicht.»
«Es kostet mich wirklich Mühe, das zu erklären. Denn wenn man mit einem Außenstehenden darüber spricht, besteht die Gefahr, dass alles in einem falschen Licht erscheint, in einem vulgären, vielleicht sogar tragikomischen Licht. Ich will Ihnen etwas gestehen, von Mann zu Mann. Was ich jetzt sage, behalten Sie bitte für sich.»
«Versprochen.»
«Nun, es gab einen Tag, an dem ich begriff, dass sie … dass sie mit einem Offizier der Carabinieri glücklich gewesen war, den wir ein paar Tage zuvor bei einem Empfang kennengelernt hatten. Denn an dem Tag kam sie mit einem Geschenk für mich nach Hause, einer kleinen Glasfigur, die einen Carabiniere darstellte … Mein Gott, wenn man es so erzählt, könnte es wie pure Niedertracht erscheinen … Dabei war es Liebe. Verstehen Sie? Nein, das können Sie nicht. Ich bin lächerlich, nicht wahr?»
«Ich finde nichts Lächerliches daran.»
«Und als mir klar wurde, dass es sich um Botschaften an mich handelte, ging es mir sofort besser.»
«Erklären Sie mir bitte, wie Sie erkannt haben, dass es sich um Botschaften handelte, die an Sie gerichtet waren?»
«Als ihr Auto von der Brücke stürzte, war sie auf dem Weg nach Pisa, nicht wahr?»
«So scheint es.»

«Und der falsche anonyme Brief wurde von Padua aus verschickt?»
«Ja.»
«Ich muss etwas vorausschicken, Commissario. Es kommt oft vor, dass ich in verschiedenen Städten Italiens meine Bücher vorstelle oder an kulturellen Veranstaltungen teilnehme. Ich hätte Laura bei diesen Gelegenheiten sehr gern an meiner Seite gehabt, doch sie wollte mich nie begleiten.»
«Warum nicht?»
«Weil sie den Eindruck vermeiden wollte, sie nutze meine Berühmtheit, um … Und trotzdem hat man sich zu der Unverschämtheit verstiegen, in den Zeitungen zu berichten, ihr Verschwinden sei ein Werbetrick … Ach, lassen wir das. Laura hat jedenfalls nur drei Ausnahmen gemacht.»
«Pisa, Padua und Murano?»
«Bravo, Commissario! Sie haben es fast erraten.»
«Nur fast?»
«Ja, denn als ich jüngst eine Begegnung mit meinen Lesern in Venedig hatte, wollte sie wie üblich nicht teilnehmen. Sie sagte, sie werde währenddessen ein Vaporetto nehmen und nach Murano fahren.»
«Was wollte sie dort?»
«Ich weiß es nicht. Aber auch in Pisa und Padua hat sie es so gehalten, sie hat während meines Auftritts einen Ausflug gemacht.»
«Signor Todini, wenn die Dinge so stehen …»
«So stehen sie.»
«… dann kann ich mich nur für Sie freuen. Möchten Sie, dass wir die Nachforschungen jetzt einstellen?»

«Nein, das nicht. Machen Sie weiter, aber mit allergrößter Behutsamkeit, bitte. Ich möchte nicht, dass sie sich verfolgt fühlt, gehetzt … und darum Angst bekommt.»

«Signor Todini, ich gehe bereits mit der größten Umsicht vor. Von Hetzen kann wirklich nicht die Rede sein! Jeder Schritt wird mit äußerster Diskretion unternommen. Und das verlangsamt die Suche beträchtlich. Ich müsste nur sämtliche Polizeiwachen und Flughäfen in Alarmbereitschaft versetzen, dann wäre sie innerhalb von vierundzwanzig Stunden aufgespürt und festgehalten, da bin ich sicher. Bedenken Sie, Ihre Frau reist nicht mit falschen Papieren, sie gibt jedes Mal ihre wahre Identität an. Außerdem, und mir scheint, das habe ich Ihnen schon einmal gesagt, mit welcher Begründung könnten wir sie festhalten? Wie können wir eine erwachsene Frau daran hindern, mit ihrem eigenen Geld durch Italien zu reisen? Umso mehr, als sie niemand anderem Rechenschaft schuldig ist als Ihnen. Erlauben Sie, dass ich es Ihnen sage, Signor Todini, Sie haben einen Fehler gemacht, als Sie sich an uns wandten.»

«An wen hätte ich mich denn wenden sollen?»

«An einen Privatdetektiv.»

«Das hätte ich niemals getan.»

«Warum nicht?»

«Dann hätte ich das Gefühl gehabt, die ganze Sache in den Schmutz zu ziehen, sie auf eine banale Geschichte von Seitensprüngen und Fluchten zu reduzieren.»

«Ich verstehe.»

«Ach, da fällt mir etwas ein. Wissen Sie was? Ich habe die Buchhandlung Aurora angerufen und mir das Buch schicken lassen, das Laura bestellt hatte. Man hat mir gesagt, weil es vergriffen war, habe sie Himmel und Hölle in Bewegung gesetzt, um es so schnell wie möglich zu bekommen. Als die Buchhandlung es dann endlich gefunden hatte, war sie … schon verschwunden.»

«Was für ein Buch ist das?»

«Ein Theaterstück von T. S. Eliot, *Die Cocktail Party*. Mich hatte sie auch danach gefragt, aber ich besitze es nicht, ich mag Eliot nicht. Als junger Mann habe ich mich einmal mit ihm unterhalten, er war sehr unfreundlich. Da können Sie sich vorstellen, dass ich keine …»

«Hat Ihre Frau Ihnen gesagt, warum sie sich für das Stück interessiert?»

«Nein, aber ich erinnere mich, dass sie sich im letzten Jahr eine Aufführung des Stücks durch eine Laienspieltruppe angesehen hat, bei der der Bruder ihrer Freundin Giulia mitwirkte. Als sie dann nach Hause kam, sagte sie, die Komödie habe sie tief verstört. Vor allem eine weibliche Figur, die … Giulia könnte Ihnen da sicher mehr sagen, auch wenn mir die Sache nicht besonders wichtig erscheint. Laura hatte oft solche … launischen Vorlieben, bei denen sie sich in etwas verbiss. Haben Sie übrigens schon mit Giulia gesprochen?»

«Noch nicht, aber ich werde es tun.»

«Glauben Sie mir, Giulia weiß viel von Laura … Wenn Sie Giulia zum Sprechen bringen könnten …»

«Ich werde es versuchen. Ging Ihre Frau oft ins Theater?»

«Ja.»

«Hatte sie ihre Lieblingsautoren?»

«Sie hatte keine besonderen Vorlieben. Ins Theater ging sie vor allem, weil sie sich für Schauspieler interessierte.»

«Für wen?»

«Nein, ich meine keinen einzelnen Schauspieler. Was sie faszinierte, war die Schauspielkunst allgemein. Die Fähigkeit des Schauspielers, jemand anderes zu werden. Und das nicht nur äußerlich. Wenn sie darüber sprach, geriet sie ins Schwärmen, es war, als würde sie Schauspieler beneiden.»

«Hat sie je versucht zu schauspielern?»

«Sie hat mir erzählt, als sie noch Schülerin war, habe sie sich einmal von einem Klassenkameraden überreden lassen und es versucht, aber es sei ein Desaster gewesen.»

«Wie ist das zu verstehen?»

«Ich glaube, sie sagte, dass ihr ganzer Körper sich dagegen gewehrt habe, etwas anderes darzustellen als das, was er war. Er habe sie in seinem Wesen verankert, genauso drückte sie sich aus. Er habe sich hartnäckig gegen seine Verwandlung geweigert, sagte sie.»

«Besuchte sie Schönheitssalons, pflegte sie sich?»

«Sie sorgte nur für das unverzichtbare Minimum. Sie hatte es ja auch nicht nötig. Doch ihren Körper pflegte sie sehr. Ich glaube, sie liebte ihn. ‹Wie schön ist es, eine Frau zu sein!›, entwischte ihr manchmal. Als eine Feministin kann man sie wahrlich nicht bezeichnen. Nur wenn sie den Ghibli hatte, vernachlässigte sie sich etwas.»

«Sie müssen auf diese Frage nicht antworten: Hat Ihre Frau Ihres Wissens jemals eine Psychoanalyse gemacht?»

«Soweit ich weiß, nicht. Aber sie war lange Zeit mit einem Psychoanalytiker befreundet. Franco Giuliani. Mit ihm hat sie lange Gespräche geführt, allerdings glaube ich nicht, dass es sich um regelrechte therapeutische Sitzungen handelte.»

«Können Sie mir seine Adresse geben?»

«Die habe ich nicht. Ich weiß aber, dass er vor zwei Jahren nach Mailand gezogen ist, wo er auch seinen Beruf ausübt. Es dürfte nicht schwierig sein, ihn ausfindig zu machen.»

«Eine allerletzte Bitte, Signor Todini. Würden Sie mir die Komödie von Eliot leihen? Ich gebe sie Ihnen in ein paar Tagen zurück.»

21. JUNI 2010

«Commissario Maurizi? Michele Doria.»
«Was gibt's, Avvocato?»
«Ich rufe nur an, um Ihnen mitzuteilen, dass Lauras Wohnung gestern verkauft wurde.»
«Aha.»
«Zu einem guten Preis. Vierhundertzwanzigtausend Euro. Ich habe das Geld auf meinem Bankkonto deponiert.»
«Hat sich schon jemand gemeldet?»
«Bis jetzt noch nicht. Aber die werden früher oder später sicher von sich hören lassen.»
«Also können wir nur warten.»
«Haben Sie Todini in den letzten Tagen gesehen?»
«Ja.»
«Welchen Eindruck macht er auf Sie?»
«Was soll ich sagen? Er hatte mich angerufen, weil er mir eine ziemlich fragwürdige Theorie vortragen wollte, es geht um ...»
«... um die Botschaften, die Laura ihm angeblich schickt?»
«Ja.»
«Mir hat er auch davon erzählt. Der Ärmste, er ist mittlerweile ziemlich durcheinander. Während er mir seine Wahnvorstellungen unterbreitete, strahlte er über das ganze Gesicht wie ein Besessener. Ich wollte ihn nicht enttäuschen, wenn er sich das so zurechtphantasiert hat, wenn es ihn beruhigt ...»

«Das haben Sie richtig gemacht.»
«Ich wollte Ihnen auch sagen, dass ich vor der Übergabe der Wohnung an den Käufer alle Sachen mitgenommen habe, die Laura zurückgelassen hatte.»
«Warum?»
«Einfach so. Ich wollte nicht, dass sie im Müll landen. Es war wirklich nur noch wenig, ein paar Kleider, zwei Paar Schuhe, aber viele Bücher.»
«Nichts Schriftliches von ihr?»
«Doch. In einem Buch steckten drei zusammengefaltete und datierte Blätter. Zwei gehörten zu einem leidenschaftlichen, nicht beendeten Brief an einen gewissen Wilson, wahrscheinlich ein Brief, der nicht abgeschickt wurde.»
«Ein Liebesbrief?»
«Nein, es ist offensichtlich, dass sie nicht an einen ihrer Liebhaber schreibt.»
«Ist der Brief auf Italienisch geschrieben?»
«Ja.»
«Hat die Signora Ihnen je von diesem Wilson erzählt?»
«Nie. Und das ist sehr seltsam. Denn nach dem Brief zu urteilen, scheint er ein sehr wichtiger Mensch für Laura zu sein.»
«Und das andere Papier?»
«Auf dem anderen Papier steht eine Notiz.»
«Sind beide Papiere jüngeren Datums?»
«Aus diesem Jahr.»
«Meinen Sie, dass die Sachen für mich von Interesse sein könnten?»
«Auf jeden Fall, würde ich sagen.»

«Ob Sie mir wohl eine Fotokopie schicken könnten?»
«Kein Problem.»
«Und vor allem melden Sie sich bitte bei mir, sobald jemand auftaucht, um das Geld aus dem Verkauf der Wohnung abzuholen.»

10. JANUAR 2010

Rom, 10. Januar 2010

Lieber Wilson,

was zwischen uns beiden geschehen ist, hat etwas von einem Wunder. Und du musst wissen, dass ich es nicht anders nennen kann, obwohl ich nicht an Wunder glaube.
Meine Mutter erzählte mir, als ich klein war, hätte ich sie jahrelang mit der Bitte bestürmt, mir einen «richtigen» Bruder zu schenken.
Mama ärgerte sich sehr darüber, und manchmal bestrafte sie mich, denn ich hatte ja einen anderthalb Jahre älteren Bruder, den ich aber, wer weiß, warum, nicht als Bruder betrachtete. Vielleicht weil er sich weigerte, mit mir zu spielen und sich die Geschichten anzuhören, die mir im Kopf herumspukten und die ich ihm anvertrauen wollte.
Er hieß Paolo und ist gestorben, als ich noch nicht zwanzig war.
Ich habe viele Männer kennengelernt, mehr oder weniger flüchtige Liebhaber und Freunde, doch meinen «echten» Bruder habe ich unter ihnen nicht finden können.
Nie konnte ich diese Lücke, diese Abwesenheit füllen, und seltsamerweise ist sie, statt mich mit den Jahren weniger zu belasten, zu einer nie verheilten Wunde geworden.
Dann bist du aufgetaucht. Und das genau im schwierigsten Moment meines Lebens. Meine Religionslehrerin auf dem

Gymnasium sagte, dass der Schutzengel nicht aussieht wie ein Engel mit Flügeln und Heiligenschein, sondern stets das gewöhnlichste Aussehen annimmt, das einer alten Tante, eines Bettlers, einer Zufallsbekanntschaft …

Ich kannte dich erst seit einer halben Stunde, da hast du meinen Namen genauso ausgesprochen wie mein Vater oder der arme Paolo, und das genügte. Sofort spürte ich, wie sich ein Knoten in mir löste, den ich einen Moment zuvor noch für unentwirrbar gehalten hatte.

Ich fing an, über mich zu sprechen, wie ich es noch nie bei einem Mann gemacht hatte. Und ich merkte, dass du jedes einzelne meiner Worte in seinem tiefsten und wahrsten Sinn aufgenommen hast.

Du hast mir zugehört, alles, was du bist, hat mir zugehört, und du hast mich so gut verstanden, dass du mir einen möglichen Ausweg zeigen konntest, eine freilich ferne und schwierige Lösung. Eine radikale Lösung, für die ich viel Mut brauche.

Und weil du meine Angst oder, besser, mein Gefühl der Unzulänglichkeit verstanden hattest, warst du bei unseren nachfolgenden Begegnungen verständnisvoll wie ein Bruder, gleichzeitig aber auch entschlossen, mich auf diesen Weg zu bringen, der mich deswegen so erschreckte, weil er, einmal eingeschlagen, keine Rückkehr mehr erlaubt.

Jetzt fühle ich mich bereit.

Und ich werde nie aufhören, dir dankbar zu sein, dass du mich auf den Weg der Heilung, der Rettung geführt hast. Ich werde noch ein wenig Zeit brauchen, aber mein Entschluss steht mittlerweile fest.

Ich bereite einen Plan vor, den ich mir genau überlegt habe und bei dem ich an einem gewissen Punkt deine Hilfe brauchen werde. Es geht um Folgendes. Ich werde es so einrichten, dass

15. MAI 2010

(*an Wilson schicken*)

Aber vorweg muss ich sagen,
Ich möchte wirklich gerne glauben, dass mit mir etwas nicht in Ordnung ist –
Weil, wenn es nicht so ist, etwas nicht in Ordnung *ist*,
Oder vielmehr ganz anders ist, als es sein sollte,
Mit der Welt selbst – und das ist noch viel furchtbarer,
Das wäre schrecklich. So möchte ich lieber glauben,
Dass mit mir etwas nicht in Ordnung ist, das sich richten ließe.

Wie geht es weiter?
Unbedingt das Buch finden.

15. Mai 2010

22. JUNI 2010

«Guten Tag, Commissario Maurizi. Mein Name ist Marco Ghiberti. Ich danke Ihnen, dass Sie mich empfangen.»

«Sie haben mir am Telefon gesagt, dass Sie etwas über das Verschwinden von Signora Garaudo wissen. Darum ...»

«Eben aus diesem Grund bin ich ja hier. Doch ich gestehe Ihnen, dass ich lange gezögert habe, bevor ich Sie angerufen habe.»

«Warum?»

«Ich möchte Laura nicht als Erfüllungsgehilfe dienen. Ihre Schwindeleien, ihre heimlichen Absichten unterstützen. Alles, was diese Frau tut, basiert auf einem Kalkül. Darum dachte ich, wenn ich hierherkomme, würde ich ihr Spiel mitspielen.»

«Und dann sind Sie zur gegenteiligen Ansicht gelangt?»

«Keineswegs.»

«Was ist passiert?»

«Nachdem ich mir alles reiflich überlegt hatte, hat am Ende, wie soll ich sagen, mein Gewissen als Bürger die Oberhand gewonnen.»

«Sehr gut. Sprechen Sie.»

«Ich habe den Beweis, dass Laura lebt.»

«Worin besteht dieser Beweis?»

«Er ist in diesem Päckchen, das sie mir vor ein paar Tagen aus Venedig geschickt hat.»

«Was enthält das Päckchen?»

«Ich mache es für Sie auf. Hier, sehen Sie.»

«Wie schön! Das ist eine Wüstenrose.»

«Genau.»

«Ein schönes Exemplar. Aber woher wissen Sie, dass es wirklich Signora Garaudo war, die …»

«Ein Zettel lag dabei.»

«Unterschrieben?»

«Nein.»

«Haben Sie die Handschrift erkannt?»

«Er ist in Druckbuchstaben geschrieben.»

«Zeigen Sie mir den Zettel.»

«Erst muss ich Ihnen die Voraussetzungen erklären. Vor sieben Jahren begann die Beziehung zwischen Laura und mir. Die auch nach ihrer Verlobung mit Todini weiterging. Ich war sehr verliebt, obwohl ich wusste, dass sie treulos ist, eine Lügnerin, und dass sie Verhältnisse mit anderen Männern hat. Doch ich konnte nicht auf sie verzichten. Wissen Sie, es gibt Frauen, die …»

«Erzählen Sie bitte weiter.»

«Entschuldigung. Anfang März 2005 bekam ich einen Brief von ihr, sie schrieb, sie habe beschlossen, Todini zu heiraten, und wolle unsere Beziehung daher beenden. Mir war klar, dass es nicht um moralische Skrupel ging, die sie ohnehin nie hatte, Laura weiß nicht einmal, was das Wort ‹moralisch› bedeutet, sondern dass es ein Vorwand war, um mich loszuwerden. Also habe ich sie angerufen und ihr haarklein und ehrlich erzählt, wie schlecht ich seit geraumer Zeit von ihr dachte.»

«Ich verstehe nicht, was …»

«Ich komme gleich zum Punkt, entschuldigen Sie bitte. Laura behauptete manchmal, sie habe den Ghibli. Das muss ich Ihnen erklären.»

«Ich weiß, wovon Sie sprechen. Todini hat es mir erklärt.»

«Umso besser. Also sagte ich ihr, dass der Ghibli über ihr wehte, weil sie die Wüste sei, eine trockene Wüste, auf der kein einziges Gefühl gedeihen konnte. So denke ich noch heute. Sehen Sie sich an, wie sie den armen Todini leiden lässt, dessen einzige Schuld darin besteht, dass er sie geheiratet hat. Laura ist wie der Hund, der die Hand beißt, die ihm ein Stück Brot gibt. Jedenfalls haben wir uns dann getrennt. Doch offenbar hat sie meine Worte nicht vergessen. Sie müssen ins Schwarze getroffen haben.»

«Warum?»

«Hier ist der Zettel, den ich in dem Päckchen gefunden habe.»

«‹Ich bin die Tochter des Wüstenwinds. Und diese Rose wird niemals sterben.›»

«Damit ist es völlig klar.»

«Sie finden das klar?»

«Ja, ich meine die Tatsache, dass sie lebt. Dieser Zettel bedeutet, dass sie nicht die Absicht hat, sich das Leben zu nehmen.»

«Nun gut, wenn Sie es sagen.»

«Dann verabschiede ich mich jetzt und …»

«Moment, vergessen Sie das Päckchen und den Zettel nicht.»

«Nein, danke, die überlasse ich Ihnen. Ich möchte nichts von ihr besitzen. Wenn sie für die Ermittlungen uninteressant sind, werfen Sie das Zeug ruhig in den Müll.»

23. JUNI 2010

Franco Giuliani
Psychoanalytiker
Corso Buenos Aires 30
Mailand

Mailand, 21. Juni 2010

Sehr geehrter Dott. Maurizi,

mit diesem Schreiben antworte ich so schnell wie möglich auf Ihren Anruf, um meinen bescheidenen Beitrag zu dem Ermittlungsverfahren zu leisten, mit dem Sie das Verschwinden meiner sehr lieben Freundin Laura Garaudo aufzuklären versuchen.
Ich kann offen über Laura sprechen, weil sie zu keinem Zeitpunkt meine Patientin war, ich mich also nicht an meine berufliche Verschwiegenheitspflicht gebunden fühle.
Dass Laura früher oder später so etwas tun würde, habe ich immer befürchtet. Seit zu langer Zeit wird sie von einer unkontrollierbaren Unruhe beherrscht.
Und ein Ehemann wie Todini, der zwar in sie verliebt, aber vollkommen ungeeignet ist, Lauras Bedürfnissen zu entsprechen, dürfte ihre zunehmend weniger latente Krise verstärkt haben, bis es zum Ausbruch kam.
Darum verfolge ich mit großer Besorgnis, was die Zeitungen nach und nach berichten, und kann Ihnen

nicht verhehlen, dass meine Sorge von Tag zu Tag wächst.
Denn Laura ist meiner Meinung nach wirklich zu einer extremen Tat fähig, die uns alle überraschen könnte.
Sie dürfen nicht denken, dass ich übertreibe.
Ich kenne Laura nur zu gut, auch wenn es zwischen uns niemals zu einer Intimität sexueller Art gekommen ist.
Was ich Ihnen jetzt schreibe, ist bewusst nicht in wissenschaftlicher Terminologie gehalten, denn ich möchte mich möglichst klar ausdrücken.
Das Bild, das ich mir von Laura gemacht habe, sieht folgendermaßen aus: In Lauras komplexer Persönlichkeit gibt es zwei entgegengesetzte und gleich starke innere Antriebe, die einander abwechseln und bekämpfen. Dieser Kampf vollzieht sich unaufhörlich und ist ausweglos.
Der erste Antrieb ist eine Art permanenter Suche nach Ekstase, die sich in einer Reihe wahlloser Begegnungen ausdrückt und nach unten führt. Denn diese Begegnungen sind umso erregender, je erniedrigender sie sind.
Der zweite Antrieb zielt in die entgegengesetzte Richtung, nach oben, und ist eine mehr oder weniger bewusste Suche nach dem Absoluten.
Beides ergibt eine potentiell zerstörerische Mischung. Vor allem bei einem Menschen mit einer empfindsamen, aber trotzig versteckten Sensibilität wie Laura.
Ein Beispiel, um es genauer zu erklären.
Ich habe Laura weinen sehen. Sie konnte über ein armes Kind weinen, das um Almosen bettelte, sie konnte vor Wut oder vor Freude weinen, aber ihre Tränen waren, wie soll

ich es sagen, oberflächlich, lediglich eine Flüssigkeit, die ihr aus den Augen tropfte.
Doch wenn sie wirklich verletzt war oder hart getroffen, dann weinte sie nicht. Ihre Augen blieben trocken. Betrachtete man sie in solchen Momenten genau, hatten sich ihre Gesichtszüge nur leicht verändert. Sie schien den Schlag passiv hinzunehmen, oder sie gab sich gleichgültig. Doch innerlich weinte sie verzweifelt, das kann ich Ihnen versichern.
Ich habe ihr mehrmals meine Hilfe angeboten, doch sie hat immer sehr freundlich abgelehnt.
Eines Tages habe ich sie nach dem Grund gefragt, und sie hat mir geantwortet, es hätte ihr geholfen, sogar sehr, wenn sie von Doktor Reilly behandelt worden wäre. Darauf habe ich nichts erwidert. Ich hatte nicht verstanden, wen sie meinte.
Wenn ich Ihnen einen Rat geben darf, verehrter Dott. Maurizi, dann diesen: Beeilen Sie sich um Himmels willen, Laura zu finden.
Ich fürchte, sie hat beschlossen, für immer zu verschwinden. Und ich denke an das Schlimmste.
Darum sende ich Ihnen meine besten Wünsche für Ihre Arbeit.

Franco Giuliani

24. JUNI 2010

«Sind Sie das, Maurizi?»

«Ja. Was gibt es, Chef?»

«Haben Sie die Nachricht gehört?»

«Nein. Welche?»

«Das Verschwinden der Todini hat internationales Interesse geweckt.»

«Nicht möglich!»

«Doch, leider.»

«Was ist denn passiert?»

«Ein deutscher Journalist hat Todini interviewt, da er als Autor in Deutschland offenbar sehr bekannt ist.»

«Und weiter?»

«Der Journalist hat bemerkt, dass Todini ziemlich wirr redete, und hat uns die Schuld gegeben.»

«Ich verstehe nicht.»

«Maurizi, was ist los mit Ihnen, schlafen Sie? Dieses Journalistenarschloch hat geschrieben, es sei unsere Schuld, dass Todini in so schlechter Verfassung ist. Weil wir zwanzig Tage nach dem Verschwinden der Frau noch immer kein greifbares Ergebnis erzielt haben. Er beschuldigt uns der Unfähigkeit, kapiert?»

«Jetzt ja.»

«Meine Güte, endlich! Also frage ich Sie: Haben Sie mir etwas zu sagen?»

«Etwas hätte ich.»

«Dann reden Sie, verdammt noch mal! Muss ich Ihnen alles aus der Nase ziehen? Was haben Sie in der Hand?»
«Ich habe den Beweis, dass Signora Garaudo nicht von der Brücke gestürzt ist und nicht bei Murano ertränkt wurde.»
«Was ist das für ein Beweis?»
«Eine Wüstenrose.»
«Was zum Teufel soll das jetzt schon wieder heißen?»
«Entschuldigen Sie bitte. Die Rose steckte in einem Päckchen, das in Venedig von Signora Garaudo aufgegeben wurde, nachdem sie in Murano gewesen war.»
«Das ist endlich mal eine gute Nachricht. Hören Sie, kommen Sie in mein Büro, da erklären Sie mir alles. Ich habe die Nase gestrichen voll von dieser Geschichte. Heute Nachmittag halte ich eine Pressekonferenz ab und bringe Ordnung in diese Angelegenheit. Natürlich werden Sie teilnehmen, aber tun Sie mir den Gefallen und halten Sie den Mund.»

25. JUNI 2010

IL MESSAGGERO

Pressekonferenz des Polizeipräsidenten von Rom anlässlich des Verschwindens von Laura Garaudo

Rom. Gestern Nachmittag gab der Polizeipräsident von Rom, Filippo Valenzi, eine Pressekonferenz, um über den Stand der laufenden Ermittlungen im Fall des Verschwindens von Laura Garaudo, der Ehefrau des bekannten Schriftstellers Mattia Todini, zu berichten. Der Polizeipräsident dementierte zunächst den Bericht einer deutschen Zeitung, welche der Polizei vorwirft, dem Fall Garaudo nicht die erforderliche Aufmerksamkeit zu schenken. Unterstützt von Luca Maurizi, dem Leiter der Ermittlungen, legte der Polizeipräsident anhand von Beweisen dar, dass das Auto von Signora Garaudo ohne Fremdeinwirkung von der Brücke einer Nebenstrecke Florenz–Pisa gestürzt ist und dass die Frau glücklicherweise unverletzt blieb. Das anonyme Schreiben mit der Mitteilung, Laura Garaudo sei durch Unbekannte entführt worden, wurde vom Polizeipräsidenten als Fälschung, als geschmackloser Scherz auf Kosten des leidgeprüften Ehemanns bezeichnet. Die bei Murano gefundene Handtasche von Signora Garaudo, so

der Polizeipräsident abschließend, sei während eines Ausflugs, den Signora Garaudo auf der Lagune unternahm, ins Wasser gefallen.
Aus all dem gehe klar hervor, dass sich hinter dem Verschwinden von Laura Garaudo kein Geheimnis verbirgt. Sie habe sich aus freiem Willen von ihrem ehelichen Heim entfernt, um Zeit zum Nachdenken zu gewinnen, erfreue sich ausgezeichneter Gesundheit und habe auch mit ihrem Mann Kontakt aufgenommen, um ihn zu beruhigen. Der Polizeipräsident berichtete außerdem, ein Bekannter von Signora Garaudo sei im Präsidium vorstellig geworden, um den Beamten ein Souvenir zu zeigen, das die Signora ihm unmittelbar nach ihrem Aufenthalt auf Murano aus Venedig geschickt habe.
Damit erklärte der Polizeipräsident das Ermittlungsverfahren offiziell für abgeschlossen.
Offen bleibt jedoch, ob die Polizei nicht aus Respekt und Achtung vor einem so prominenten Bürger wie Mattia Todini mit der gebührenden Diskretion fortfahren wird, die Bewegungen von Laura Garaudo aus der Ferne zu verfolgen.

25. JUNI 2010

«Hallo? Spreche ich mit Giulia Maltese?»

«Ja. Wer ist dort?»

«Commissario Maurizi.»

«Endlich!»

«Warum endlich?»

«Sie haben sich Zeit gelassen mit diesem Anruf!»

«Ich wollte erst versuchen, so viel wie möglich über Signora Garaudo in Erfahrung zu bringen, um Sie nicht mit übermäßig vielen Fragen zu behelligen.»

«Man hat mir gesagt, dass Sie ein guter Polizist sind, nicht, dass Sie auch diplomatisches Geschick haben. Wer hat Ihnen meine Nummer gegeben?»

«Signor Todini. Warum fragen Sie?»

«Ich habe zwei Mobiltelefone. Die Nummer, die Sie anrufen, war für Laura reserviert. Als es geklingelt hat, blieb mir das Herz stehen.»

«Bitte entschuldigen Sie, das wusste ich nicht. Also haben Sie keine Nachricht mehr von Ihrer Freundin?»

«Nein. Und ich lüge Sie nicht an.»

«Das glaube ich Ihnen. Ich möchte Sie um ein Treffen bitten, Signora.»

«Ich auch.»

«Könnten Sie heute Nachmittag gegen …»

«Commissario, ich bin nicht in Rom, ich bin in Mailand.»

«Wann kommen Sie zurück?»

«Ich könnte morgen Nachmittag bei Ihnen sein.»
«Passt es Ihnen um vier Uhr?»
«In Ordnung.»
«Darf ich Ihnen zwei Fragen stellen?»
«Aber natürlich.»
«Was können Sie mir über einen gewissen Wilson sagen?»
«Ich verstehe nicht.»
«Es handelt sich um einen Mann, dem Signora Garaudo einen Brief geschrieben hat. Mir erscheint dieser Brief sehr wichtig für die Ermittlung.»
«Nie gehört, diesen Namen. Wann hat sie den Brief geschrieben?»
«Am 10. Januar dieses Jahres.»
«Wie merkwürdig! Sie hat mir nie von diesem Wilson erzählt. Geht aus dem Brief hervor, welche Art Beziehung sie zu ihm hatte?»
«Sehr eng, aber sie waren kein Paar.»
«Ich weiß nicht, was ich dazu sagen soll. Ich bin sprachlos.»
«Eine letzte Frage. Kennen Sie Signor Franco Giuliani?»
«Ja, den kenne ich!»
«Giuliani hat mir geschrieben, dass Signora Garaudo keine Analyse bei ihm machen wollte, weil er nicht so gut sei wie Doktor Reilly. Giuliani weiß nicht, wer dieser Doktor ist. Wissen Sie es?»
«Auch den kenne ich nicht … nein … warten Sie einen Moment … ja … das ist er, ich hab's … Sir Henry Harcourt-Reilly!»
«Wissen Sie, wer das ist?»
«Ja, aber er existiert nicht.»

«Was soll das bedeuten?»

«Er ist eine Figur aus einer Komödie von T. S. Eliot, *Die Cocktail Party*, die Laura und ich vor einiger Zeit gesehen haben. Reilly ist darin eine Art Psychiater und Seelenheiler, an den sich eine andere Figur, Celia, wendet, um sich von ihm helfen zu lassen. Laura war von dieser Celia sehr fasziniert.»

«Ich danke Ihnen für Ihr freundliches Entgegenkommen.»

«Bis morgen, Commissario.»

Aus *Die Cocktail Party* von T. S. Eliot

REILLY:

Das genügt mir, wenigstens für den Moment:
Versuchen Sie zunächst, Ihren jetzigen Zustand zu schildern.

CELIA:

Also, da sind zwei Dinge, die ich nicht verstehen kann.
Sie werden sie vielleicht als Symptome ansehen. Aber vorweg muss ich sagen (…)

Und hier sagt Celia das, was in der Notiz steht, die Laura Garaudo an Wilson schicken wollte.
Das Folgende, an das sie sich nicht mehr erinnerte, lautet:

CELIA:

(…) Ich werde alles tun, was Sie sagen, um wieder normal zu werden.

REILLY:

(…) Sie sprachen von zwei Dingen:
Was ist das erste?

CELIA:

Das Bewusstsein meiner Einsamkeit (…)
Ich meine, was geschah, hat mir bewusst gemacht,
Dass ich immer allein gewesen bin. Dass man immer allein ist.
Nicht einfach das Ende einer Beziehung,

Nicht einmal die simple Entdeckung, dass sie nie bestand –
Sondern eine Offenbarung über meine Beziehung
Zu allen *Menschen*. Wissen Sie –
Es scheint nicht mehr der Mühe wert, überhaupt noch mit jemandem zu sprechen! (…)

REILLY:

(…) Und das zweite Symptom?

CELIA:

Das ist noch seltsamer.
Es klingt lächerlich – aber der einzige Ausdruck dafür,
Den ich finden kann, ist: ein Gefühl der Sünde.

REILLY:

Sie leiden unter dem Gefühl der Sünde,
Miss Coplestone?
Das ist höchst ungewöhnlich.
(…)
Erzählen Sie mir, was Sie mit Sündenbewusstsein meinen.

CELIA:

Es ist viel leichter zu sagen, was ich nicht meine:
Ich meine nicht Sünde im gewöhnlichen Sinn.

REILLY:

Und was ist, nach Ihrer Auffassung, der gewöhnliche Sinn?

CELIA:

Nun … ich nehme an, unmoralisch zu sein –
Und ich habe nicht das Gefühl, dass ich unmoralisch war:

Übrigens, sind nicht die Menschen, die man für unmoralisch hält,
Gerade die, von denen wir sagen, sie hätten kein moralisches Empfinden?
Ich habe nie bemerkt, dass Unmoral
Vom Bewusstsein der Sünde begleitet war:
Jedenfalls bin ich dem nie begegnet.
Ich nehme an, es ist schlecht, andere Menschen zu verletzen,
Wenn man weiß, dass man sie verletzt. (…)
Jetzt erkenne ich, das Ganze war ein Irrtum:
Aber ich sehe nicht ein, warum man sich wegen Irrtümern sündig fühlen sollte!
(…)
Nicht das Gefühl von etwas, das ich je *tat*, ist es,
Wovon ich mich befreien möchte, oder von etwas in mir,
Das ich loswerden könnte – sondern von Leere, von Versagen
Vor jemandem oder vor irgendetwas außer mir;
(…)
Nicht, weil ich fürchte, von neuem verletzt zu werden:
Nichts kann mich mehr verletzen oder heilen.
Manchmal habe ich geglaubt, die Ekstase wäre echt,
Obgleich die, welche sie erleben, keine Wirklichkeit haben mögen.
Denn an das, was geschah, erinnert man sich wie an einen Traum,

In den man im Geiste durch die Intensität der Liebe
Versetzt ist, ein Beben vor Entzücken
Ohne Verlangen, denn das Verlangen ist befriedigt
In der Wonne zu lieben. Ein Zustand, den man nicht kennt,
Wenn man wach ist. Aber was oder wen ich liebte,
Oder was in mir liebte, weiß ich nicht.
Und wenn das alles sinnlos ist, möchte ich geheilt werden
Von der Sehnsucht nach dem, was ich nicht finden kann,
Und der Scham darüber, es niemals zu finden.
Können Sie mich heilen?

REILLY:

Der Zustand ist heilbar.
Aber die Art der Behandlung muss Ihre eigene Wahl sein:
Ich kann nicht für Sie wählen. Wenn Sie das wünschen,
Kann ich Sie mit dem allgemeinen Zustand der
Menschen aussöhnen (…)

26. JUNI 2010

«Signor Todini, bitte entschuldigen Sie die Störung, aber ich glaube, ich bin bei der Ermittlung an einem Wendepunkt angekommen.»

«Wissen Sie, wo Laura ist?»

«Ich habe keine Ahnung. Und ich glaube auch, das ist inzwischen nicht mehr von Bedeutung.»

«Das sagen Sie, lieber Commissario.»

«Meiner Meinung nach ist es wichtiger, auch für Sie, dass wir versuchen herauszufinden, warum sie weggegangen ist.»

«Hm … ja.»

«Ich neige immer mehr zu der Schlussfolgerung, dass hinter der Flucht der Signora ein Mann steckt.»

«Wie bitte? Ein neuer Liebhaber? Sie hat mir doch immer wieder gesagt, es gebe keinen Mann mehr!»

«Nein, kein Liebhaber.»

«Wer dann?»

«Eine Art … ich weiß nicht, wie ich ihn nennen soll … eine Art spirituelle Vaterfigur.»

«Sie wollen mir doch nicht etwa sagen, dass ein Priester …»

«Ich glaube nicht, dass es sich um einen Priester handelt. Es ist ein Mann, den die Signora gegen Ende vergangenen Jahres kennengelernt haben muss, ich weiß nicht, bei welcher Gelegenheit, und an den sie sich stark gebunden hat.»

«Ich kann Ihnen da nicht weiterhelfen, glaube ich. Laura hat mir nie von dieser neuen Bekanntschaft erzählt. Wissen Sie, wie er heißt?»

«Ich kenne nur den Nachnamen. Wilson.»

«Nein, ich weiß wirklich nicht … Moment, warten Sie, lassen Sie mich nachdenken … etwa Ende vergangenen Jahres, sagten Sie?»

«Ja.»

«Dann ist es vielleicht derselbe Mann, der … Mitte November letzten Jahres wurde ich von der brasilianischen Botschaft eingeladen, man feierte den Besuch eines brasilianischen Autors … Laura begleitete mich. Nun, ich bin fast ganz sicher, dass man uns dort einen gewissen Wilson Peixoto vorstellte. Ich erinnere mich, dass ich wegen seines Nachnamens ein paar Worte mit ihm gewechselt habe.»

«Was war besonders an dem Nachnamen?»

«Wissen Sie, ich habe mich früher intensiv mit dem Kino und seiner Geschichte beschäftigt … in den Anfängen des brasilianischen Kinos gab es einen legendären Film, ein lange Zeit verschwundenes Meisterwerk, *Limite* von Mario Peixoto. Ich fragte den Herrn, ob er mit dem Regisseur verwandt sei, aber das war er nicht.»

«War dieser Peixoto zusammen mit dem Autor gekommen?»

«Das glaube ich nicht.»

«Gehörte er zum Personal der Botschaft?»

«Auch das glaube ich nicht. Ich vermute, er war ein geladener Gast wie ich. Aber …»

«Ja?»

«Die Brasilianer behandelten ihn mit großem Respekt. Auch der Botschafter.»
«Wie sah er aus?»
«Ein Mann um die sechzig, großgewachsen, schlank, sehr elegant, ein dichter Schopf weißer Haare, sehr dunkle Haut … der Typ Mann, den Frauen attraktiv finden.»
«Ein Mulatte?»
«Nein, er war sonnengebräunt.»
«Ihre Frau hat mit ihm gesprochen?»
«Mit Sicherheit. Denn kurz nach dieser Begegnung kam der Botschafter mich holen, um mich dem Schriftsteller vorzustellen, während Peixoto und meine Frau zurückblieben, um sich zu unterhalten. Es ging dann so aus, dass ich Laura erst drei Stunden später wiedersah, als der Empfang endete.»
«Hat sie zuhause von diesem Wilson gesprochen?»
«Nein, kein Wort.»

26. JUNI 2010

«Soll ich mit der Frühgeschichte anfangen?»

«Wenn Sie meinen …»

«In der Grundschule waren Laura und ich die hübschesten Mädchen der Klasse, im Gymnasium ebenso, und in den letzten Schuljahren erhielten wir die Beförderung von den Hübschesten zu den Schönsten. Im Allgemeinen entsteht zwischen den beiden Schönsten eine tiefe gegenseitige Antipathie, bei uns beiden aber geschah das Gegenteil. Keinerlei Rivalität, keine … wir wurden sofort zu Komplizinnen. Und unzertrennliche Freundinnen. So sehr, dass wir uns immer mindestens dreimal in der Woche trafen.»

«Ein Rekord.»

«Ja. Wir sind insgesamt nur fünf Jahre getrennt gewesen. Vier, als Laura nach Bologna ging, weil ihr Vater dort Geschäfte machte, und ein Jahr, als Laura leider nach Livorno umzog, um einem Marinekadetten zu folgen, der sie um den Verstand gebracht hatte. Wir beide …»

«Bitte entschuldigen Sie, wenn ich Sie unterbreche. Ich habe einen Brief dieses Offiziers lesen können … einen Abschiedsbrief … und eins habe ich nicht genau verstanden … gab es dieses Kind nun oder nicht? Wollte Laura wirklich abtreiben? Oder war das alles erfunden?»

«Ich sehe, dass Sie gründlich recherchiert haben. Aber ich kann Ihnen da keine Antwort geben, ich weiß es nicht. In dem Jahr war Laura, wie gesagt …»

«Ich bitte Sie! Sie soll mit Ihnen, ihrer engsten Freundin, niemals über ein so wichtiges Ereignis im Leben einer Frau gesprochen haben?»
«Sie deutete etwas an, als wir uns endlich wieder regelmäßig trafen, aber sie blieb bewusst vage, und ich habe nicht nachgefragt, obwohl mir klargeworden war, dass dieses Ereignis, was auch immer sich abgespielt haben mochte, einen tiefen Einschnitt in ihrem Leben bedeutet hatte.»
«Es kommt mir sehr seltsam vor, dass Sie nicht darauf gedrungen haben, mehr über die Sache zu erfahren.»
«Commissario, Laura hatte Momente absoluter, ja deplazierter und sogar brutaler Aufrichtigkeit, aber es gab auch Phasen, in denen sie sich buchstäblich in Lügengeschichten aalte. Manchmal log sie ohne Not, einfach aus Lust am Lügen. Sie nach der Wahrheit zu fragen war so riskant wie Würfelspielen. Es konnte vorkommen, dass sie dir die ganze, die nackte Wahrheit schamlos, ohne jede Zurückhaltung ins Gesicht sagte, und es konnte ebenso gut passieren, dass sie blitzschnell eine Festung aus Lügen errichtete, aus lauter plausiblen Lügen, die leicht als Wahrheit zu verkaufen waren. Wenn sie nicht sagen wollte, wie etwas wirklich gewesen war, war nichts zu machen.»
«Und Ihnen sagte sie alles?»
«Sagen wir, neunzig Prozent. Es gab Dinge, die Laura mit niemandem teilte.»
«Hat sie Ihnen von ihrem Fluchtplan erzählt?»
«Nein.»
«Hören Sie, Signora Maltese, wenn Sie versuchen, Ihre Freundin zu schützen …»

«Ich versuche nicht, sie zu schützen. Sie hat mir den Plan nicht nur verschwiegen, sie hat mich auch nicht den leisesten Verdacht schöpfen lassen. Vielleicht dachte sie, ich würde versuchen, ihr das Ganze auszureden.»

«Hätte Signora Garaudo auf Sie gehört?»

«Ich weiß es nicht. Mit den Jahren habe ich ein bisschen die Rolle der älteren Schwester übernommen. Sie wandte sich an mich, um aus verwickelten Lagen herauszukommen, in die sie sich hineinmanövriert hatte.»

«Gefühlslagen?»

«Nennen wir sie mal so. Doch wenn ich ehrlich sein soll, ich habe gespürt, dass sie schon seit längerer Zeit etwas ausbrütete.»

«Seit wann?»

«Ungefähr seit September letzten Jahres, als sie mit ihrem Roman fertig war.»

«Moment. Diesen Roman, an dem sie angeblich noch immer schrieb, hatte sie in Wahrheit schon im letzten Jahr beendet? Und allen, auch ihrem Mann, hat sie weisgemacht, dass …»

«Genau.»

«Aber warum denn?»

«Weil er ihr, nachdem sie fertig war und ihn mit einem gewissen Abstand noch einmal gelesen hatte, ohne den Impuls des Schreibens Angst machte.»

«Angst wovor?»

«Vor sich selbst.»

«Würden Sie mir das bitte erklären?»

«Das versuche ich ja gerade.»

«Haben Sie ihn gelesen?»
«Ja. Ich glaube, ich bin der einzige Mensch, der ihn gelesen hat.»
«Wovon handelt er?»
«Es ist die Geschichte einer Frau von heute, von ihren zahlreichen, sehr unterschiedlichen Liebesbeziehungen, vom Unbehagen ihres Gefühlslebens, das sich allmählich zu einem existentiellen Unbehagen auswächst … Es ist keine erfundene Geschichte, sondern eine Art romanhafter Autobiographie.»
«Wie geht die Geschichte aus?»
«Die Hauptfigur stirbt bei einem Flugzeugunglück.»
«Aber warum soll Laura Garaudo davor Angst gehabt haben?»
«Als sie ihn mir zu lesen gab, sagte sie, ihr sei bewusst geworden, dass sie keinen Roman geschrieben habe, sondern eine Konkursbilanz, eine als Verlust zu verbuchende Abschlussrechnung, die Geschichte eines schwindelerregenden Leerlaufs in einem ungeheuren Nichts. Das sind nicht genau ihre Worte, aber sie kommen dem, was sie sagte, ziemlich nahe. Ich glaube, das war es, was ihr Angst machte. Darum hat sie das Manuskript verbrannt, als ich es ihr zurückgab.»
«Also existiert der Roman nicht mehr?»
«Soweit ich weiß, nein. Sie hat mir gesagt, sie habe auch die Datei im Computer gelöscht. Und von dem Moment an veränderte sie sich.»
«Wie veränderte sie sich?»
«Sie zog sich in sich selbst zurück, brach alle Beziehungen

zu ihren Männern ab … Lorca paraphrasierend, sagte sie, dass in ihren erotischen Begegnungen der Körper immer weniger gegenwärtig und die Seele immer abwesender sei. Nur noch mit einem alten Geliebten und Freund, einem Anwalt, hat sie sich weiterhin getroffen. Kurz, um es banal auszudrücken: Sie hatte eine Krise.»

«Hat sie Ihnen gesagt, ob und wie sie die Krise zu überwinden hoffte?»

«Nein. Sie hat nicht oft darüber gesprochen.»

«Mit diesem Wilson scheint sie jedoch ausführlich darüber gesprochen zu haben.»

«Mit ihm hat sie darüber geredet?»

«Ja. Und Wilson hat ihr offenbar eine Art Lösung gezeigt. Er ist ihr wie die Verkörperung jenes Doktor Reilly aus Eliots Komödie erschienen.»

«Was sagen Sie da?!»

«Ich glaube, genau so war es.»

«Wenn es so ist, wie Sie sagen, kann dieser Wilson für Laura sehr schlecht oder sehr gut sein. Hoffentlich ist er nicht so eine Art Hexenmeister, ein Guru … nach so etwas suchen meine Altersgenossinnen heutzutage. Sie konvertieren zum Buddhismus, Hinduismus, Taoismus … alle Konfessionen, wo es den finsteren Begriff der Sünde nicht gibt. Warum versuchen Sie nicht, mehr über diesen Wilson herauszufinden?»

«Das tue ich bereits. Offenbar handelt es sich um einen Brasilianer, sein Nachname ist Peixoto. Sagt Ihnen der Name etwas?»

«Nein.»

«Uns wurde gemeldet, dass Signora Garaudo sich in Florenz, Pisa, Padua, Venedig und Murano aufgehalten hat. Was meinen Sie, sind das zufällige Ziele, oder folgt sie einer bestimmten Strecke mit genau festgelegten Etappen?»
«Laura überlässt nichts dem Zufall. Darum glaube ich nicht, dass sie diesmal von ihrem Prinzip abweicht. Diese Reise und diese Ziele müssen einen Sinn haben. Wie denken Sie darüber?»
«Ich denke wie Sie. Mein Eindruck ist, allerdings aus dem Bauch heraus, dass es sich um eine Art Pilgerfahrt handelt, die das Vorspiel zu …»
«Eine Pilgerfahrt, die ihr dieser Wilson eingeredet hat?»
«Das würde ich ausschließen. Ich bin sicher, dass es sich um eine eigenverantwortliche Initiative von Signora Garaudo handelt. Eine Art Abschiedsritual.»
«Aber wovon? Sicher nicht von Orten, die ihr am Herzen lagen … Das kann ich Ihnen garantieren, denn wir haben manchmal darüber gesprochen, Laura ist unfähig, sich gefühlsmäßig an irgendeinen Ort zu binden, auch wenn sie dort glückliche Momente erlebt hat. Sie sagte von sich, lachend zwar, aber es war ihr Ernst, wenn sie eine Katze wäre, dann wäre sie kein Haustier, sondern eine streunende Katze.»
«Warum hat sie sich dann von Todini heiraten lassen?»
«Todini ist ihr begegnet, als sie eine Phase besonders tiefer Verstörung durchmachte, sie war kurz davor zu ertrinken und stieg auf das Floß, das er ihr anbot. Außerdem ist er ein älterer Mann, also ersetzte er teilweise den Vater, den Laura geliebt und gehasst hat. Auf ihre Weise hat sie Todini

gern. Aber ich glaube nicht, dass es noch lange gehalten hätte. Obwohl er ein sehr verständnisvoller, zurückhaltender Mann ist, der sie liebt und ihr die größte Freiheit ließ.»

«Wann haben Sie Ihre Freundin zum letzten Mal gesehen?»

«Am Nachmittag vor dem Tag, an dem sie …»

«Welchen Eindruck machte sie?»

«Sie war ziemlich überdreht.»

«Dann war der Ghibli vorbei?»

«Sie wissen sogar von diesen Ghibli-Anfällen? Wenn es darum geht, diesen letzten Ghibli hat sie gar nicht gehabt.»

«Sie hat ihn nur vorgetäuscht?»

«Ja.»

«Warum?»

«Weil sie allein sein wollte, sie wollte niemanden sehen, und mit diesem Vorwand hielt sie Mattia von sich fern. Sie wollte im Bett liegen und über sich selbst nachdenken. Ich glaube, in diesen letzten Tagen war ihr noch nicht mal mein Besuch willkommen. Sie durchlebte eine Krise, das sagte ich ja bereits.»

«Wovon haben Sie an dem Nachmittag gesprochen?»

«Seit einer Woche hatte Laura nur noch ein einziges Thema. Sie war darauf völlig fixiert.»

«Welches Thema?»

«Ihre Arbeit über Beato Angelico. Sie kritisierte die Arbeit, behauptete, ihre Hypothese über *Noli me tangere* müsse durch weitere Beweise gestützt werden. Und das sei außerordentlich wichtig für sie. Ich nahm sie auf den Arm, erinnerte sie daran, dass ihr diese Frage nicht so bedeutsam erschienen sei, als sie wegen ihres Kadetten buchstäblich

den Kopf verloren hatte und alles Erreichte über den Haufen geworfen hatte, einschließlich einer glänzenden akademischen Karriere.»
«Wie hat Signora Garaudo reagiert?»
«Sie wurde wütend, wirklich sehr wütend, und sagte, dass ich nichts verstehe. Dann wechselte sie das Thema.»

27. JUNI 2010

«Commissario Maurizi? Hier Doria, der Anwalt.»
«Guten Tag, Avvocato. Was gibt es?»
«Heute Morgen habe ich einen Anruf bekommen. Eine Männerstimme. Er sprach Italienisch, doch mit einem portugiesischen Akzent, wie mir schien. Er hat das Losungswort genannt: Beato Angelico.»
«Und was hat er Ihnen gesagt?»
«Er sagte, ich solle die Summe auf ein Konto bei der Brasilianischen Nationalbank überweisen, Filiale Nummer eins in Brasilia, und gab mir die Kontonummer.»
«Auf wessen Namen läuft das Konto?»
«Wilson Peixoto. Er nannte mir auch eine eigenartige Bemerkung, die ich in die Betreffzeile schreiben sollte.»
«Welche?»
«‹Mitgift von Laura Garaudo›. Was hat das jetzt zu bedeuten? Sie heiratet diesen Wilson? Zu solchen Spontanaktionen ist Laura leider durchaus imstande.»
«Ich glaube nicht, dass es sich um eine Mitgift handelt.»
«Um was dann?»
«Keine Ahnung.»
«Wie soll ich mich jetzt verhalten?»
«Was meinen Sie damit?»
«Soll ich das tun, was mir aufgetragen wurde?»
«Was wollen Sie denn sonst machen? Wenn das der Wille von Laura Garaudo ist …»

29. JUNI 2010

IL MESSAGGERO

Sensationelle Entwicklungen
im Fall Garaudo.
Exklusivinterview mit
demSchriftsteller Mattia Todini

Rom. Um unbestätigten Gerüchten über eine sensationelle Wende im Fall der verschwundenen Laura Garaudo nachzugehen, haben wir ihren Ehemann, den bekannten Schriftsteller Mattia Todini, um ein Interview gebeten. Todini hat außerordentlich freundlich auf all unsere Fragen geantwortet. Da der Schriftsteller von den Ereignissen sehr mitgenommen schien, sind wir sofort zum Kern der Sache gekommen.

Maestro, können Sie das Gerücht bestätigen, demzufolge Ihre Frau eine Wohnung verkauft und den Erlös …
Bitte entschuldigen Sie, wenn ich Sie unterbreche. Seit dem ersten Tag nach ihrem Weggang habe ich nicht mehr mit meiner Frau gesprochen.

Dann hat sie sich seither nicht mehr bei Ihnen gemeldet?
Sagen wir, sie hat mich mit indirekten Nachrichten versorgt. Doch kommen wir zurück auf Ihre Frage. Vom Ver-

kauf der Wohnung hat mich Michele Doria in Kenntnis gesetzt, der Anwalt, der die Interessen meiner Frau vertritt. Doria hat mir auch gesagt, dass der Erlös auf Lauras ausdrücklichen Wunsch an eine brasilianische Bank auf das Konto eines gewissen Wilson Peixoto überwiesen wurde.

Kennen Sie ihn?
Vergangenes Jahr hatte ich Gelegenheit, ihm in der brasilianischen Botschaft in Rom kurz zu begegnen.

Wie hoch ist der Erlös aus dem Verkauf der Wohnung?
Vierhundertzwanzigtausend Euro.

Es heißt, in der Betreffzeile des Überweisungsträgers sollte nach dem Willen Ihrer Frau «Mitgift» stehen. Soll das bedeuten, dass die Signora diesen Peixoto heiraten will?
Bevor sie einen anderen heiraten kann, müsste sie sich erst einmal von mir scheiden lassen. Und mir ist nicht bekannt, dass Laura einen Schritt in diese Richtung gemacht hätte. Die Wahrheit ist, dass ihr Journalisten ein Konstrukt aus lächerlichen Vermutungen auf einem banalen sprachlichen Irrtum des brasilianischen Gesprächspartners von Anwalt Doria errichtet. Es ist klar, dass er «Schenkung» meinte, als er «Mitgift» sagte.

Aber warum sollte Signora Garaudo einem Menschen, der ihr praktisch unbekannt ist, eine so großzügige Schenkung machen?
Das trifft nicht ganz zu. Ich habe erfahren, dass meine

Frau ihn mehrmals getroffen hat. In diesem Zusammenhang hat Anwalt Doria eine Befürchtung geäußert, die ich teile.

Welche?
Dass dieser Wilson Peixoto eine Art Guru, ein Sektenführer sein könnte, wie es heutzutage viele gibt, und dass er an der Spitze einer mehr oder weniger geheimen Sekte steht, deren Hauptzweck es ist, ihre Anhänger all ihrer Habe zu berauben. Es ist wahrscheinlich, dass Laura von ihm hörig gemacht wurde.

Glauben Sie, dass Ihre Frau sich bereits nach Brasilien begeben hat?
Nichts gibt Anlass zu der Vermutung, dass sie Italien verlassen hat.

Haben Sie die Absicht, in irgendeiner Form einzuschreiten?
Wenn Laura, wie es scheint, ihr Zuhause nicht aus eigenem Entschluss verlassen hat, sondern weil sie einem fremden Willen unterworfen wurde, halte ich mein Einschreiten für mehr als geboten.

Was werden Sie tun?
In Anbetracht der dürftigen Ergebnisse, die die italienische Polizei bis jetzt erzielt hat, werde ich versuchen, die öffentliche Meinung weltweit durch Artikel, Pressekonferenzen, durch alles, was nützlich sein kann, aufzurütteln.

29. JUNI 2010

«Maurizi, haben Sie das Interview mit diesem Riesenarschloch Todini gelesen?»

«Ja, Signor Questore.»

«Haben Sie seine gegen uns gerichtete Drohung am Schluss gelesen?»

«Ja, Chef.»

«Wissen Sie, was das bedeutet?»

«Ich glaube, das weiß ich.»

«Es bedeutet, dass er die Absicht hat, uns vor der internationalen Öffentlichkeit in den Schmutz zu ziehen. Er wird schimpfen oder jammern, und dann werden wir von diversen ausländischen Zeitungen angegriffen, die uns als hilflos und unfähig bezeichnen werden. Die wollen doch alle ihr Süppchen darauf kochen. Und diese Aussicht geht mir gewaltig auf die Eier.»

«Ich finde das auch nicht lustig.»

«Konnten Sie wenigstens etwas über diesen Brasilianer rauskriegen, dessen Name klingt, als wäre er ein Formel-1-Fahrer?»

«Ich konnte ein vertrauliches Gespräch mit einem Botschaftsangestellten führen. Er war ziemlich kurz angebunden und ausweichend. Offenbar war ihm unbehaglich bei dem Gespräch.»

«Warum?»

«Ich hatte den deutlichen Eindruck, dass die Regierung für

diesen Peixoto, wie soll ich sagen, keine besonderen Sympathien hegt, er scheint eher eine unerwünschte Person zu sein. Darum versuchen sie, nicht über ihn zu sprechen, und wenn man sie nach ihm fragt, äußern sie sich widerstrebend.»

«Warum haben Todini und seine Frau ihn dann ausgerechnet in der Botschaft kennengelernt?»

«Vielleicht konnte die Botschaft nicht umhin, ihn einzuladen.»

«Aber wenn er doch ein Revolutionär ist!»

«Nein, das ist er nicht, ganz im Gegenteil. Wilson Peixoto gehört zu einer der fünfzehn reichsten Familien Brasiliens. Er selbst ist einer der größten Industriellen und verdient mit der Erdölförderung Milliarden. Übrigens ist er auch verheiratet und Vater von zwei Kindern.»

«Dann sind es politische Gründe, die ihn ...»

«Nicht direkt. Offenbar wehrt er sich seit Jahren erbittert gegen alle Erlasse der Regierung, die den multinationalen Konzernen die willkürliche Ausbeutung der Regenwälder Amazoniens gestatten.»

«Was kümmern ihn denn die Regenwälder Amazoniens, wenn er Fabriken und Erdöl hat?»

«Ihn kümmern die Menschen, die in diesen Regenwäldern leben.»

«Ach so, ich verstehe! Sie wollen sagen, er beschützt die Stämme der Wilden? Milliardär, aber Menschenfreund?»

«Genau.»

«Aber warum hat die Garaudo einem Milliardär wie Peixoto eine Schenkung gemacht?»

«Das weiß ich wirklich nicht.»
«Hören Sie, Maurizi. Ich habe einen Beschluss gefasst.»
«Welchen?»
«Wir müssen den Stier bei den Hörnern packen. Sie müssen die Garaudo unbedingt finden und mit ihr reden.»
«Was soll ich ihr sagen?»
«Dass sie uns eine ordentliche Erklärung mit Brief und Siegel über das abgibt, was sie bis jetzt getan hat und was sie noch zu tun gedenkt. Die veröffentlichen wir und stopfen Todini damit das Maul.»
«Also lasse ich eine Anordnung ergehen, dass …»
«Sie werden gar nichts ergehen lassen. Kein Aufsehen. Verfahren Sie weiter mit größter Diskretion, aber so schnell Sie können. Das fehlte gerade noch, dass sich auch die Garaudo über uns beschwert.»

30. JUNI 2010

«Maurizi? Hier Tolentino vom Polizeipräsidium Mailand.»
«Was gibt's?»
«Ich wollte dir melden, dass Signora Garaudo bis zum Morgen des 26. hier in Mailand war.»
«Weißt du, wann sie angekommen ist?»
«Am Morgen des 25. hat sie ein Zimmer im Hotel Mediolanum genommen.»
«War sie allein?»
«Ja.»
«Hatte sie ein Auto dabei?»
«Nein.»
«Kannst du mir noch mehr sagen?»
«Ja. Sie hat den Empfangschef gefragt, wie weit es bis zum Castello Sforzesco ist. Da man bis zum Castello recht lang gehen muss, hat sie sich ein Taxi rufen lassen.»
«Und dann?»
«Am Nachmittag ist sie zurückgekommen. Sie hat im Hotel gegessen, und am nächsten Morgen hat sie sich zum Bahnhof bringen lassen. Das ist alles.»
«Ich danke dir.»

«Hallo, Maurizi? Ich bin's, Pirro aus Florenz.»
«Ciao. Und?»
«Ich habe Neuigkeiten für dich. Signora Garaudo hat die Nacht vom 26. auf den 27. hier in Florenz verbracht.»

«Wo hat sie übernachtet?»
«In einem drittklassigen kleinen Hotel. Vielleicht dachte sie, in so einer Absteige wäre ihr Name nicht bekannt. Ziemlich schlau, das muss man ihr lassen.»
«War sie allein?»
«Ganz allein. Aber warum ist sie zurückgekommen?»
«Wahrscheinlich hat sie das, was sie in Florenz tun wollte, auf zwei verschiedene Tage verteilt. Ein längerer Aufenthalt hätte sie in Gefahr gebracht. Sie bleibt immer nur sehr kurz an einem Ort, das ist ihre Methode, sich vor einer Entdeckung zu schützen.»

1. JULI 2010

«Bist du das, Mattia?»

«Ja. Wer spricht?»

«Ignacio, Mattia. Ignacio Torres.»

«O ciao, Ignacio! Wie geht es dir?»

«Mir geht's gut, danke.»

«Bist du in Italien?»

«Nein, ich rufe von Madrid aus an. Wie geht es dir, mein Guter?»

«Wie soll es mir schon gehen? Du hast sicher gehört, dass meine Frau Laura …»

«Ja, ich weiß alles. Darum rufe ich dich ja auch an. Ich habe eine gute Nachricht für dich.»

«Betrifft sie Laura?»

«Ja. Sie lebt und ist wohlauf.»

«Woher weißt du das?»

«Ich weiß es, weil ich sie gesehen habe.»

«Wo denn?»

«Hier in Madrid, am Bahnhof. Heute Morgen um zehn Uhr.»

«Bist du dir sicher?»

«Ganz sicher.»

«Aber woher willst du wissen, dass sie …»

«Weil ich ihren Namen gerufen habe und sie sich umgedreht hat.»

«Hast du mit ihr gesprochen?»

«Das konnte ich nicht.»

«Warum nicht?»

«Hör zu, es war so. Ich war in den Zug nach Toledo gestiegen, und während ich mich aus dem Abteilfenster von einem Freund verabschiedete, der mich zum Bahnhof gebracht hatte, habe ich Laura auf dem Bahnsteig entdeckt. Ich habe ihren Namen gerufen, und sie hat sich umgedreht.»

«Hat sie dich erkannt?»

«Natürlich! Sie hat mir zugelächelt.»

«Aber konntest du denn nicht …»

«Was hätte ich denn machen können? Genau in dem Moment hat sich der Zug in Fahrt gesetzt.»

1. JULI 2010

«Professor Soncini? Commissario Maurizi von der Polizei in Rom. Erinnern Sie sich an mich?»

«Selbstverständlich! Guten Abend, was kann ich für Sie tun?»

«Bitte entschuldigen Sie, dass ich Sie um diese Zeit störe, aber ich brauche noch einmal Ihre wertvolle Hilfe.»

«Geht es wieder um Laura?»

«Ja.»

«Wie kann ich Ihnen nützlich sein?»

«Ich möchte versuchen, mit Hilfe Ihrer Bildung und Ihrer Kenntnis von Signora Garaudo zu verstehen, ob es einen Sinn, einen logischen Verlauf in ihrem scheinbaren Umherirren durch Italien gibt. Ich glaube, es gibt einen, aber es gelingt mir nicht herauszufinden, welcher es sein könnte.»

«Können Sie mir das bitte genauer erklären?»

«Ich werde es versuchen, aber das ist nicht leicht. Ich habe den deutlichen Eindruck, dass Laura nicht zufällig von einem Ort zum anderen fährt, sondern einem genauen Streckenverlauf folgt. Mit obligatorischen Etappen. Als würde sie eine Initiationsreise machen oder sich einem Reinigungsritual unterwerfen. Oder einer regelrechten Pilgerfahrt.»

«Darf ich erfahren, warum Sie sich mit dieser Frage an mich wenden?»

«Weil ich mir überlegt habe, dass es etwas sein könnte, was

mit ihren Studien an der Universität zu tun hat, mit ihrer Jugend, wer weiß … In den Tagen vor ihrem Verschwinden hat sie von nichts anderem gesprochen als von ihrer Doktorarbeit und dem *Noli me tangere.*»

«Wissen Sie, in welchen Städten sie gewesen ist?»

«Mit Sicherheit war sie in Florenz, in Pisa, in Mailand, wo sie das Castello Sforzesco besucht hat, dann in Padua, in Venedig, aber nur, um von dort aus nach Murano zu fahren, und schließlich war sie in Madrid.»

«Bitte nennen Sie mir diese Städte alle noch einmal, dann schreibe ich sie mir auf. Geben Sie mir ein bisschen Zeit, um darüber nachzudenken. Können wir morgen wieder miteinander sprechen?»

«Professor Soncini, es ist mir sehr unangenehm, und ich weiß, dass ich Ihre Geduld strapaziere. Aber morgen könnte es zu spät sein.»

«Zu spät? O Gott, warum denn?»

«Bitte beunruhigen Sie sich nicht. Ich meinte, es könnte zu spät sein, um sie noch zu erreichen.»

«Dann rufe ich in ein, zwei Stunden zurück. Nennen Sie mir diese Städte. Es hat etwas mit ihrem Studium zu tun, sagten Sie?»

«Ja.»

«Commissario Maurizi? Ich bin's, Soncini.»

«Ja. Ich höre.»

«Vielleicht haben Sie recht. Es gibt einen möglichen Zusammenhang zwischen den Städten, die Laura Garaudo besucht hat. Aber ich möchte nicht …»

«Was möchten Sie nicht?»
«Ich möchte Sie nicht auf eine falsche Fährte locken.»
«Um Himmels willen, machen Sie sich darüber bitte keine Gedanken! Sprechen Sie ganz offen! Was ist das für ein Zusammenhang?»
«Noli me tangere.»
«Was bedeutet das?»
«Dieses Motiv, das ‹Noli me tangere›, hat im Lauf der Zeit sehr viele Künstler fasziniert.»
«Ach, wirklich? Das wusste ich nicht.»
«Um mich auf die Größten zu beschränken, nenne ich Ihnen nur die Namen von Giotto, Tizian, Correggio, Tintoretto, Hans Holbein dem Jüngeren, Rembrandt, Poussin … ganz zu schweigen von der Unmenge weniger bedeutender Künstler.»
«Und was ist mit den Fahrten von Signora Garaudo?»
«Nun, in Florenz gibt es außer dem Fresko von Beato Angelico das *Noli me tangere* in Terrakotta der Söhne von Della Robbia und das von Mariotto di Nardo zu besichtigen. In Pisa gibt es ein Fresko von Getto di Jacopo, in Mailand hängt im Castello Sforzesco das Werk des Bramantino zum Thema, in Padua gibt es den herrlichen Giotto in der Cappella degli Scrovegni, in Murano findet sich ein *Noli me tangere* von Salviati, und im Prado schließlich hängt der Correggio.»
«Dann handelt es sich also, wie ich vermutet habe, um eine Reise, die etwas Rituelles hat, etwas Reinigendes …»
«In welchem Sinn?»
«Es ist eine Abschiedszeremonie.»

«Abschied wovon?»
«Vom eigenen Körper, so wie sie ihn gelebt hat.»
«Ich verstehe nicht.»
«Bitte entschuldigen Sie, Professor, aber es würde zu lange dauern, Ihnen das zu erklären. Ich habe noch eine letzte Frage an Sie, aber sie ist sehr wichtig.»
«Fragen Sie.»
«Denken Sie bitte einen Moment nach, bevor Sie antworten. Welches könnte Ihrer Meinung nach die letzte Etappe dieser Reise sein?»
«Das könnte nur London sein.»
«Warum?»
«Weil in der National Gallery das *Noli me tangere* von Tizian hängt. Welches der Eingebung, die Laura vor dem gleichnamigen Fresko von Beato Angelico hatte, näher kommt als alle anderen.»
«In welcher Weise?»
«Dort zeigt die Hand von Maria Magdalena eindeutig auf eine Stelle oberhalb des Umhangs, der Jesu Schenkel bedeckt. Man hat den zwingenden Eindruck, dass sie sich gerade eben berührt haben. Und dass sie sich nie mehr berühren werden.»

4. JULI 2010

«Sagen Sie mal, Maurizi, was ist das denn für eine eigenartige Vorgehensweise? Können Sie mir das erklären?»

«Signor Questore …»

«Sie fliegen einfach mir nichts, dir nichts nach London und zurück und geruhen nicht mal, mir das mitzuteilen …»

«Signor Questore …»

«Sie machen eine Reise nach London und kommen zurück, ohne mir ein Wort der Erklärung zu gönnen!»

«Signor Questore …»

«Maul halten! Schluss mit diesem Signor Questore …! Lassen Sie mich ausreden!»

«Entschuldigung.»

«Und dann kommen Sie hier an, als wenn nichts wäre, um mir zu sagen, dass Sie sich geirrt haben, dass es Ihnen nicht gelungen ist, die Garaudo zu treffen!»

«Es war eine Fehleinschätzung.»

«Glauben Sie wirklich, so kommen Sie mir davon?»

«Chef, ich bin bereit, die Verwaltung nicht mit den Kosten für meine nutzlose Reise zu belasten …»

«Ich höre wohl nicht recht! Belasten?! Das fehlte gerade noch! Sagen Sie mir lieber, warum ausgerechnet Ihnen, dem gebildetsten, fähigsten meiner Beamten, die grandiose Idee gekommen ist, dass die Garaudo nach London geflogen ist, anstatt nach Peking oder Timbuktu!»

«Ich wiederhole, dass es mein Fehler war und dass ich bereit bin, die volle Verantwortung dafür zu tragen. Auch die in allen Details bestätigte Überlegung von Professor Soncini gab Anlass zu …»

«Wer ist denn das nun wieder?»

«Ein Professor für Kunstgeschichte an der Universität Bologna.»

«Und was hat er damit zu tun?»

«Vor dreizehn Jahren wurde die Garaudo bei ihm mit einer Arbeit über Beato Angelico promoviert, und …»

«Himmel Herrgott noch mal! Bin ich hier in der Irrenanstalt? Da wird mir eine Geschichte aufgetischt, die vor dreizehn Jahren passiert ist! Schluss, mehr will ich nicht hören. Aus der ganzen Sache lässt sich nur eine Schlussfolgerung ziehen. Sie haben es nicht geschafft, die Garaudo aufzuspüren, und dieser Schwachkopf Todini wird eine Pressekonferenz abhalten, bei der wir vor der Weltöffentlichkeit als Trottel dastehen! Seine Frau, hörig gemacht von einem Brasilianer, der sich Geld geben lässt, obwohl er Multimilliardär ist, noch ein bisschen was obendrauf kann ja nie schaden …»

«Chef, vielleicht wäre es besser, wenn wir Todini davon abhielten, diese Vermutung der Presse vorzutragen.»

«Warum?»

«Weil ich in London von einem Kollegen von Interpol erfahren habe, dass Peixoto eine große, nicht konfessionelle Freiwilligenorganisation aus Ärzten, Krankenschwestern und Lehrern ins Leben gerufen hat, die sich mit Leib und Seele der Aufgabe widmen, den letzten Überlebenden der Naturvölker am Amazonas zu helfen. Jeder Freiwillige bringt außerdem eine Schenkung in die Organisation ein, so viel wie er kann. Diese Geste bedeutet die Loslösung von aller irdischen Habe. Der größte Anteil der Ausgaben wird natürlich von Peixoto bestritten.»

«Sind Sie da sicher?»

«Völlig sicher.»

«Aha. Wissen Sie, was ich mache?»

«Nein.»

«Ich werde Todini nicht informieren.»

«Warum nicht?»

«Weil Peixoto ihm dann eine feine Verleumdungsklage an den Hals hängt und Todini nach dieser Lektion aufhören wird, uns auf den Sack zu gehen.»

3. JULI 2010

«Wunderschön, dieser Tizian.»

«Stimmt.»

«Es scheint, als hätten Maria Magdalena und Jesus sich einen Moment zuvor noch berührt.»

«…»

«Sehen Sie mich nicht so an, Signora, ich habe nicht die Absicht …»

«Woher wussten Sie, dass ich Italienerin bin?»

«Ganz einfach. Sie halten eine italienische Übersetzung des Führers in der Hand.»

«Wie dumm von mir!»

«Hören Sie …»

«Sie müssen entschuldigen, aber ich möchte mit niemandem sprechen.»

«Aber ich …»

«Lassen Sie mich bitte in Ruhe.»

«Ich lasse Sie in Ruhe, versprochen, aber vorher …»

«Merken Sie nicht, dass Sie die anderen Besucher stören?»

«Signora Garaudo, ich bin Commissario Maurizi.»

«Aha.»

«Sie wissen, dass ich den Auftrag habe …»

«Ich weiß.»

«Lassen Sie uns an einen Ort gehen, wo wir ungestört sind. Ich muss mit Ihnen sprechen.»

«Was wollen Sie von mir?»

«Nur mit Ihnen sprechen.»
«Sie wissen, dass Sie mich nicht …»
«Das weiß ich sehr gut, hier habe ich keinerlei Befugnisse. Und wenn Sie wollen, können Sie einen Wärter rufen und mich aus der Galerie entfernen lassen. Ich bin hier, um Sie zu bitten, mir ein wenig von Ihrer Zeit zu gönnen, damit …»
«Habt ihr mich verfolgen lassen?»
«Nein, niemals.»
«Erzählen Sie keine Märchen.»
«Ich versichere Ihnen, dass …»
«Wie konnten Sie dann wissen, dass ich hierherkommen würde?»
«Professor Soncini hat mir geholfen.»
«Soncini?!»
«Ja, weil ich zu der Überzeugung gekommen war, dass Ihre Fahrten nicht zufällig waren, sondern einer Logik folgten.»
«Sie haben ein gutes Gespür.»
«Es handelte sich nicht nur um Gespür.»
«Um was noch?»
«Ich hatte, wenigstens zum Teil, erkannt, wie Sie sind.»
«Was wissen Sie von mir?»
«Viel. Ich habe mit Ihrem Mann gesprochen, mit Ihrer Haushaltshilfe, mit dem Anwalt Doria, mit Ihrer Freundin Giulia. Ich habe Ihre private Korrespondenz gelesen … dafür bitte ich um Entschuldigung, aber ich musste es tun.»
«Sie glauben also, alles über mich zu wissen?»
«Wenn ich alles wüsste, wäre ich nicht hier. Und dass ich

hier bin, um mit Ihnen zu sprechen, weiß keiner. Nicht einmal meine Vorgesetzten habe ich informiert, dass ich verreisen würde. Ich möchte, dass Sie mir, wie soll ich sagen, eine private Unterredung gewähren. Die unter uns bleiben wird.»

«Was wollen Sie erfahren?»

«Ich erhoffe mir eine Bestätigung.»

«Wovon?»

«Davon, was Sie aus sich zu machen gedenken. Und von dem, was ich mir gedacht habe.»

«Finden Sie nicht, dass Sie ein wenig anmaßend sind?»

«Vielleicht bin ich das. Aber ich habe Ihren unvollendeten Brief an Wilson Peixoto gelesen.»

«Wer hat Ihnen den Brief gegeben?»

«Michele Doria. Sie hatten den Brief zwischen den Seiten eines Buches vergessen.»

«Hören Sie, ich kann Ihnen ein paar Stunden gewähren. Dann muss ich zurück ins Hotel, die Koffer packen und schnell …»

«… zum Flughafen, ich weiß. Dies ist die letzte Etappe, stimmt's?»

«Ja.»

«Wollen wir nach draußen gehen?»

«Einverstanden.»

3. JULI 2010

Aus *Die Cocktail Party* von T. S. Eliot

CELIA:

(…) Nicht, weil ich fürchte, von neuem verletzt
zu werden:
Nichts kann mich mehr verletzen oder heilen.
Manchmal habe ich geglaubt, die Ekstase wäre
echt,
Obgleich die, welche sie erleben, keine Wirklichkeit
haben mögen.
Denn an das, was geschah, erinnert man sich wie an
einen Traum,
In den man im Geiste durch die Intensität der Liebe
Versetzt ist, ein Beben vor Entzücken
Ohne Verlangen, denn das Verlangen ist befriedigt
In der Wonne zu lieben. Ein Zustand, den man nicht
kennt,
Wenn man wach ist. Aber was oder wen ich liebte,
Oder was in mir liebte, weiß ich nicht.
Und wenn das alles sinnlos ist, möchte ich geheilt
werden
Von der Sehnsucht nach dem, was ich nicht finden
kann,
Und der Scham darüber, es niemals zu finden.
Können Sie mich heilen?

REILLY:

Der Zustand ist heilbar.
Aber die Art der Behandlung muss Ihre eigene Wahl sein:
Ich kann nicht für Sie wählen. Wenn Sie das wünschen,
Kann ich Sie mit dem allgemeinen Zustand der Menschen aussöhnen.

5. JULI 2010

«Sie haben sie gesehen und mit ihr gesprochen?»
«Ja. Sie sind die Einzige, die das weiß, Giulia. Und es war Laura, die mich gebeten hat, Ihnen von unserem Treffen zu erzählen. Sie hat mir versichert, dass Sie ein Geheimnis für sich behalten können.»
«Welchen Eindruck machte sie?»
«Sie war in guter Verfassung. Sehr ruhig und ihrer Sache gewiss, der unwiderruflichen Entscheidung, die sie getroffen hat.»
«Welche Entscheidung?»
«Ihrem Leben einen Sinn zu geben. Sie hatten recht mit Ihrer Einschätzung, Lauras Krise habe begonnen, als sie ihren soeben beendeten Roman noch einmal gelesen hatte. Sie hat mir gesagt, er sei ihr wie ein unerträgliches Zeugnis aus der Leere erschienen, aus einer Nicht-Existenz, die von sich glaubt, sie existiere.»
«Und Wilson ist im geeignetsten Moment aufgetaucht?»
«Ja. Er hat ihr die einzig mögliche Kur gezeigt.»
«Welche?»
«Nicht für sich selbst zu leben, sondern für andere. Sich anderen Menschen vollkommen hinzugeben und dabei den eigenen Körper mit seinen Bedürfnissen zu vergessen. Darum hat sie es für nötig gehalten, bevor sie endgültig wegfuhr, eine rituelle Reise zu unternehmen, um noch einmal den größten künstlerischen Ausdruck eines Abschieds

von den Sinnen zu sehen. In Wilsons Hilfsorganisation für die Naturvölker Amazoniens gibt es feste Stützpunkte aus wenigen Freiwilligen, die mindestens fünf Jahre lang in engem Kontakt zu den Einheimischen leben. Laura hat beschlossen, eine von diesen Helfern zu werden, nachdem sie einen Kurs als Krankenpflegerin gemacht hat.»

«Nie und nimmer hätte ich an so etwas gedacht …»

«Aber so ist es. Ich glaube nicht, dass Sie Ihre Freundin Laura je wiedersehen. Und wenn Sie sie wiedersehen sollten, werden Sie sie nicht erkennen können, nehme ich an.»

«Konnten Sie wenigstens erkennen, ob sie glücklich war?»

«Glücklich? Ich weiß nicht, das ist vielleicht nicht das richtige Wort. Sie war … im Einklang, ja. Im Einklang mit sich selbst. Und mit der Welt.»

NACHBEMERKUNG

Ich hoffe, dass der Leser, wenn er am Ende angekommen ist, erkannt hat, dass dieser kurze Roman keine Kriminalgeschichte über das Verschwinden einer jungen Frau sein will, sondern der Versuch, mit einfachen Mitteln das Porträt einer Frau zu zeichnen, einer komplexen Persönlichkeit zwar, aber doch nicht so ungewöhnlich, wie es auf den ersten Blick scheinen mag.

Der Roman ist meiner brasilianischen Freundin gewidmet, die Schauspielerin war, dann Sängerin und zuletzt Nonne. Sie wurde von den Eingeborenen im Amazonasgebiet getötet, bei denen sie ihrer Mission nachging.

Andrea Camilleri
bei Nagel & Kimche

Streng vertraulich
Roman. Aus dem Italienischen von Sigrid Vagt
272 Seiten, gebunden. ISBN 978-3-312-00468-3

Die köstliche Geschichte eines eleganten Schlitzohrs und Frauenverführers, der eine mächtige Bürokratie austrickst: 1929 reist der Neffe des äthiopischen Kaisers Negus nach Vigàta in Sizilien, um zu studieren. Und die faschistische Diktatur versucht das für ihre Zwecke auszunutzen.

«Ebenso tiefgründig wie urkomisch.»
Niklas Bender, *Frankfurter Allgemeine Zeitung*

Die Münze von Akragas
Roman. Aus dem Italienischen von Annette Kopetzki
144 Seiten, gebunden. ISBN 978-3-312-00495-9

406 v. C. wird Akragas, das heutige Agrigent, von den Karthagern zerstört. 1909 entdeckt ein Bauer eine antike Münze, schenkt sie dem Amtsarzt, der verliert sie. Es folgt eine abenteuerliche Suche mit Dieben, Toten und Verdächtigen. Ein archäologisches Mysterium und das Schicksal eines unscheinbar kleinen Gegenstandes.

«Das Amalgam aus historischen Fakten und erzählerischer Phantasie ist ein reines Lektürevergnügen.»
Der Spiegel

Die Revolution des Mondes
Roman. Aus dem Italienischen von Karin Krieger
320 Seiten, gebunden. ISBN 978-3-312-00602-1

Als 1677 in Sizilien der Vizekönig an Elephantiasis stirbt, reiben sich die königlichen Räte die Hände: Endlich können sie sich nach Herzenslust bereichern! Doch sie haben nicht mit der jungen Witwe gerechnet, der unfassbar schönen Elenora di Mora. Zielstrebig besteigt sie den Thron, und einen Monat lang lehrt sie die Höflinge, die korrupten Adeligen und Pfaffen das Fürchten.

«In knappen, pointierten Kapiteln schildert Camilleri die Regentschaft der jungen Vizekönigin, deren Schönheit die gesamte Umgebung erstarren lässt.»
Maike Albath, *Neue Zürcher Zeitung*

Andrea Camilleri
bei Nagel & Kimche

Die Sekte der Engel
Roman. Aus dem Italienischen von Annette Kopetzki
260 Seiten, gebunden. ISBN 978-3-312-00551-2

Zu Beginn des 20. Jahrhunderts werden in einem sizilianischen Dorf unverheiratete Frauen plötzlich schwanger. Der Polizeipräfekt soll dem Skandal auf die Spur kommen. Aber Klerus, Adel und Mafia des Ortes halten fest zusammen. Camilleri macht aus einem unglaublichen historischen Ereignis einen Thriller mit Witz und Tiefsinn.

«Man kann das Buch nicht aus der Hand legen, bevor man nicht die letzte Zeile gelesen hat.» Aureliana Sorrento, *SWR 2 Buchkritik*

Romeo und Julia in Vigata
Aus dem Italienischen von Annette Kopetzki
240 Seiten, gebunden. ISBN 978-3-312-00647-2

1899 verlieben sich auf einem großen Maskenball zur Feier des neuen Jahrhunderts die bildhübsche Mariarosa und der kernige Jüngling Manuali unsterblich ineinander. Da ihre Familien seit Generationen miteinander befeindet sind, beschließen sie die gemeinsame Flucht. Die Mafia soll eine Entführung vortäuschen. Das führt allerdings zu Komplikationen.

«Camilleri ist ein Chronist dieser Welt: geistreich, weise und absolut unterhaltsam. Ein Könner.» *ZDF Aspekte*

Die Verlockung
Aus dem Italienischen von Karin Krieger
Roman. 160 Seiten, gebunden. ISBN 978-3-312-00996-1

Der Wirtschaftsprüfer Mauro Assante soll eine Bank überprüfen, an der mächtige Politiker beteiligt sind. Dafür hat er nicht viel Zeit; er muss Vertuschungen zuvorkommen. Eines Abends steht eine wunderschöne Frau vor der Tür. Eine bösartige Intrige nimmt ihren Lauf, hintergründig, erotisch, spannend und mit grandioser Komik erzählt.

«Er schreibt und formuliert blitzgescheit, intuitiv einfach und zum Nichtausderhandlegenkönnen unterhaltsam zugleich … große Kunst.»
Wiglaf Droste, *Junge Welt*